满格

汴京残夢

黄仁宇 著

生活·讀書·新知 三联书店

图书在版编目（CIP）数据

汴京残梦 / (美) 黄仁宇著 . -- 北京 : 生活 · 读书 · 新知三联书店 , 2024. 10. (2025.6 重印) -- (满格). -- ISBN 978-7-108-07910-7

I . I712.45

中国国家版本馆 CIP 数据核字第 2024AB5320 号

责任编辑 孙晓林 钟 韵
装帧设计 薛 宇
责任印制 卢 岳
出版发行 生活·讀書·新知 三联书店
(北京市东城区美术馆东街 22 号 100010)
网 址 www.sdxjpc.com
经 销 新华书店
印 刷 北京隆昌伟业印刷有限公司
版 次 2024 年 10 月北京第 1 版
2025 年 6 月北京第 3 次印刷
开 本 720 毫米 × 965 毫米 1/32 印张 10.25
字 数 165 千字 图 22 幅
印 数 08,001 – 11,000 册
定 价 59.00 元
(印装查询：01064002715；邮购查询：01084010542)

目录

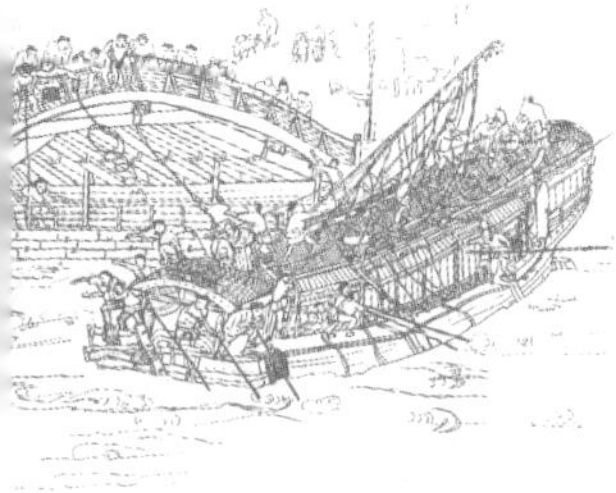

楔　子

——话说那大宋宣和年间，杭州府学子徐承茵、陆澹园、李功敏三人来到皇都汴京，参与礼部应举，不料朝廷更换法度，废科举，兴学校，今后取士概由学校升贡。那三人道："小的熟读诗书，也及于押韵粘贴之类，怎奈朝廷朝令夕改，于今倒只注重书画医算，与小的等十年窗下功夫本末相违。此莫非前功尽弃，直恁地了得？"

——慢一点，你写的书是准备念给明朝的人听，还是供现代读者看？

——何来，——怎么的呐？

——你的话本要是念给嘉靖万历年间街坊上的人听，倒也有它的风味。可是你要在新世纪来临之前作畅销书，却免不得另有研究。其写法务必融合于当代读者心理。

——可是我所叙乃北宋末年事，难道不顾八九百年间的差距，用当时人不知其所以然的语句，作当时人无从了解之想法？

——你写的是小说，还是历史？

——历史小说。

——这就是了，究竟还是小说。小说者 fiction 也。Fiction 者寓言也。历史只注重事实何以如是展开。历史小说虽不离现实，但是要兼顾应否如是展开，是否另有门径。因此务必迎合读者心理，叙实时与读者一同叙实，虚构时与读者一体虚构。即纵有瞒谎之处，亦要吊通读者彼此包瞒圆通，否则武松赤手空拳打死老虎，卢俊义壁上题反诗而不自知，宋江在李师师宅之阴暗处窥见徽宗等事，又如何站得住脚？难道全能禁得起合于逻辑之质询？

——那么我这文稿，你以为是话本的，应如何处理？

——放弃它，一切重来。

第一章

他虽然气喘未已，却神志清醒。

他知道自己亟应站起来。如不即刻站起，可能永不会站起。尤其也要使坐骑迅速地站立得起来。马匹四脚落地，可不是好现象。

他们已在下山的坡道上，这是一座小山坡。继续下坡，应离人烟之处不远，或者前面即是真州。

陈进忠到哪里去了？这家伙……

不，他不当对自己的马弁怀疑，他不过往前探视，打看有无村舍，可否找到一个落脚的地方，也先替他找一杯开水喝。要不是他如此一介孤忠，他不可能随着自己到这蛮荒绝境里来。为什么他连马也带走？他不得不如此。这里一片荒凉，连一株系马的树桩都没有。

要是能撑到真州那就好了。先不管他金人是否驻在，讨到一杯开水喝再讲。况且“渡易水，歌燕市”，他别无他法，只有有进无退。

他一闭眼就想到自己母亲，不知她老人家这时在杭州家乡在做什么？还在绩麻？她曾不时替自己沏得一壶绿茶，现在儿子连一杯茶都喝不到了。她老人家连壶嘴已砸破的茶壶都舍不得丢。她开口就说："他们都不叫他徐老爷和徐相公了。有些外头衙门里来的人就提名道姓地叫他徐德才……"

他在杭州时真耐不住她的啰唆。为什么现在置身在河北的荒丘上，倒记得起这些话语？人穷则思父母，这话是说得不错的。可是他并没有联想到自己的父亲。他名叫徐德才，人家都以为他是徐得财。结果又无财可得，还被人视作"工商异类"。怪不得自己三代无名，无法与公卿将相的子弟较量……

不，他不应当如此轻蔑自己的父亲。好子不厌家贫。他不是立志自己打开一条出路吗？不是决定以军功起家，并且吟诵着"圣代即今多雨露，暂时分手莫踌躇"吗？他仍是只有有进无退。

他强睁着眼睛想站起来，只是气喘未已，站不起来。眼看那坐骑也和他自己一样，在很费力地吐气。要不立即站起来就会永站不起来了。他想来害怕，所以再又闭目思量。

闭上眼睛，他又见及祝霈、画学正何叙、集贤院领院事的郑正、和他一起去南薰门里油饼店吃茶论说的太学生，甚至和他一起搭船南归私带骆驼毛营利的白某。何以会牵涉想上这许多不相干的人？他想逃避当前现实。他想把躺着的荒丘和垂死的坐骑当着一场梦寐看待。他只能从远处着想。他想着在清江口学画船，在万胜门练骑马，在潭州或长沙买毛边纸习大字，河阳，江州，荻港，姚沟，蒋埠……

可是忖来想去，他忘不了那张择端带稚气的笑容。他也难忘记李伯纪大人稳扎缓进的策略，又不时仍想起五姐茂德的“汴京八景”。想及这些人，也逐渐将他自己带回此时此日，重归于此身此地。因着陆澹园而忆念着小妹苏青，因此也听见她所说的“哥哥好生照顾自己，娶个好嫂嫂，好生服侍双亲，那我也放心了”。

想及苏青，也想及曾有床笫之缘，却未亲芳泽的楼华月。为什么把全不相干的女孩子混在一起？只见得红颜命薄，上下皆然。即是苏青今日成亲，以陆澹园的习性而论，她的前途仍在未卜之数。想及五姐，必然也想到她那“淘气的小妮子”之念妹。这时候引上心爱人，不禁心头刺痛。

这两年来的经验：一触及自己心爱之人，欲即不得，欲见不能，两年之内也难得通过四五道书信，总是隐伏着前途未可知之数，想来不免心慌，现在既已呼吸不灵，不能再犯上心慌。

难道绿窗新语，烟雨传奇，你读"'见关'莺语花底滑"，我读"'瞰关'莺语花底滑"还不令人寻味？谁不知道"瞰"即是"见"，而且句中也带着芳馥的气味？他们之间还有"紫径撷英"如此离奇之事端？又有"苏堤对岸人畔柳"水中看去的倒装法？再随着"九嶷山里深处，洞庭湖岸近旁"的两地相思，这不全是古今带着流风遗韵的人物也难能遭遇的机缘吗？

可是至此看出："此情可待成追忆"，一切都已既往。今生无望已是大势所趋了。他一生只见过她三次，这第三次，很可能为最后一次。他为什么要在道别时说出"天上人间会相见"的不吉祥语？可能此句已成谶语，他还害怕金人要将她派嫁番王。这时候救护不得，自己卧在荒郊，坐骑待毙……

为什么陈进忠还没有回来？看来他永不会回来了。

不，他扭转自己。不承认也否定今生无望。再过一会子，只要气喘稍止，他仍要挣扎起来。纵使"频年踯躅成梦幻，几度驰驱付尘烟"，他仍旧可以卷土重来。要点在想宽想大想远。

他还在候着陈进忠。马弁回时，他要他将自己搀起，马也扶起，这才是卷土重来。他一定要从高处、深远处和大处着眼。

他可以纵观五年之前还没有和心爱人邂逅时的情景。不要沉湎着现今是靖康二年，或者什么建炎元年。让它倒推回去，只说于今又是宣和五年吧。

第二章

宣和五年三月二十日，徐、陆、李三人在敦义街铁老虎巷刘家缕肉店晚餐。这家烧得好的炙金肠，主菜则有沙鱼两熟和蕈炒腰花。这里的店小二早已知道三位老主顾乃是今朝的文魁才子，他日的尚书侍郎，于是引进后楼的僻静房间，不容下流妓女闯入卖唱乞讨，也负责挡住本路查问的巡检。三人才能在酒饭之余畅所欲谈。

酒过三巡陆澹园脸已微红，此时说起：“我想这一套视作荆国公的新法与否无关大局，主要的它一定行得通。”

徐承茵提起他的注意：“你去年冬至前还说公算不高。”

“承茵兄，此一时也，彼一时也。”陆澹园再抿一口，继续说出，“迄至年底他们还只让我们清点骑兵数目，我还是将信将疑。可是于今他们将步兵人数也一并交付我们清理，这是一个重要的关键。”

徐承茵心里明白：陆澹园算学刚毕业，即派至新成立的审计院，初时尚不过是见习官，也和其他人一般无二。可是自今年元旦起，天下兵马人数全让审计院清理。然来枢密主兵，三司主财。各节度使和各都统监所报的数目总是至枢密院的少，以便在作战时推卸责任；至三司的则多，以便虚冒粮饷。于今审计院职在照磨，亦即是要查勘得明白。不仅报至京师各衙门的数目要彼此相符，即各路的总数也要与下属的分数能够核对。于今院里又扩大职权，陆澹园也加了一个离奇的头衔，称为“延引官”，有从八品的级位。

谁不知道“不怕官，只怕管”？于是各路派来京师的承应人员少不得要到审计院问安送礼。主要的任务乃是解释账目上的数字彼此不符各有缘由。当中有结账的前后时间地点不同，也有犊马出生，也有严寒冻殁，还有亡走复归，总之即少有不符，亦无虚冒隐瞒情事。于是圆通默许之后审计院人员也一齐沾光，他们的举止较一般京官阔绰。现今陆澹园也腰束一条时尚的鹅黄围腹，较两位学友的气派要宽裕得多了。

说到这里陆澹园又用一只手指着承茵：“你们那里怎样？画卷有标题作交代没有？”

徐承茵只连续地摇头两次。这时候只有李功敏还是默默无语，他斜面对着镶银竹箸上的刻字直看。竹筷上的刻字为“人生一乐”。乐字用行书，写如牙字多一捺“乐”。箸箸如是，自甲子、乙丑、丙寅年间至今并无不同之处。但是李功敏——于今国子监的助教——看去的时候好像当中有很多值得思量之处。陆澹园打破他的凝思。他发问：“敏兄，你看如何？”

李功敏放下竹箸，又慢吞吞地喝了一口茶，才以长兄的身份讲出：“我的看法仍和以前一样，新政行得通行不通不是我们三人可以解决的问题。我们的办法无乃安分守己不求急功。陆兄既已升了官，徐兄也为画学副正——”

“画学谕。”徐承茵更正了他。

“好，就是画学谕，也是正九品。于今朝廷待遇的俸禄也不算过薄，听说今年春夏之间禄米还要增加——”

陆澹园据所知插入：“最低限度以前的每月二石，今后一律三石。”

徐承茵听得这消息也不免感到兴奋。月入三石。他在东京并无眷属。要将三石禄米的领单卖出，又有两季绢布，又有街上作画的出差费，则月俸的十四千总也可省下七千八千。蔡太师的新政对各人目前衣食上讲倒确有好处。

李功敏又拿着筷子上的字在看，可是这国子监助教并未就《说文解字》阐释箸上篆文，而在继续着他三人遭遇的话题："我想人生上最重要的莫过于知足。两年前我们来到汴京，时值朝廷更变法度，废科举，兴学校，我们错过机缘没有赶得上进士及第，荣宗耀祖，这算是不幸。但是不幸之中也有大幸。因为如此大家都能入学就业。据现今的办法一万七千多人考六百个进士，即算皇恩浩荡将名额增至七百，也仍是大海捞针，并没有探囊取物的容易。与其考得不中铩羽而归，倒不如大家都捞得一官半职的实际。"

可是他的解释触动了徐承茵胸中之不平。"功敏兄长，"他不由自主地说出，"话不是这样讲的。当初废科举，兴学校，此乃朝廷制度，我们没有话说。可是学校不行再兴科举，我们也应当一体参与应试，这是我们的本分。"

李功敏这时放下了竹箸。"你说礼部应考是你的本分？"他睁大眼睛向徐承茵质问，"有些应考的举子还说一体入学才是他们的本分呢！即是我们的太学生还相信我们学书学算学画的才逢得上天赐良缘呢！一年半进学，两年得官，他们还在羡慕我们。于今考进士还不知道能否继续。如果照陆兄说的新法准行得通，将来朝廷就要把你们首批学算学画的当作头等人才。其他科举出身搞九经十七史的只好瞪着眼睛看。”

陆澹园笑着说：“我想还不至于到那种程度。”

李功敏说：“你们还不相信。只要问我们的学生，你问他们是现在守株待兔地准备科甲好，还是像你们一样一心就业的好？我敢担保十人中之九人和我们一样的先捞得一官半职。”

徐承茵心里明白，李功敏虽然和他及陆一样没有考上科举却上得书学，于今任职国子监，不论好坏仍是正途。即使朝廷政局有何变化仍不能动摇他的事业。况且门前桃李，将来总有几个太学生会在功名上出头。来日记惦着老师，也免不得一番照顾。不像他和陆澹园一样一切靠蔡公新政。万一新政垮台，则两人前途全无凭借。

徐承茵，杭州府钱塘县人，他祖先徐新铨与徐新鉴二人在唐朝末年随着吴越王钱镠创天下。新铨为指挥使，新鉴为王府宾客。徐门也是第二流第三流的世家。发迹之后，他们来杭州城外靠湖处合造一所大厦，时人称为徐家大屋。又请了一位儒师作有辈名诗，读如：“新庭流彩，嘉贤同攸；积德承福，鸿瑞永休。”意思是兄弟和睦，既有光亮的新居，两房的子孙也必效法祖先愈会攒积，将来继宗承业，保存着他们的胸襟之抱负和吉祥的嘉兆。不料钱家四传而有立嗣之争，吴越王钱倧为钱俶所废，徐家亦遭波及，总之即是兄弟叔侄，参加对立的两方面，弄得两败俱伤。徐承茵的一房出自新鉴，虽然没有和新铨一房一样的子孙流散，也就声望大不如前。及至大宋年间徐家大屋早已水塌，新建的大厦，也远逊于昔日的规模，只是人家还知道杭州小西门外有徐家新屋，于今又已百年，徐家新屋也已早为徐家老屋了。

照辈名诗上看去，徐承茵之“承”字乃是徐新鉴之十世孙，至此新鉴一房也曾一度中兴而再式微。除了有些支裔迁居各地自谋生计外，各房人众聚居在老屋，内不免湫隘，田产则因分析卖当而萎缩。徐承茵的父亲徐德才因着家计曾一度于杭州明金局任采办之职。明金局为朝廷供奉而设，内中有些物品须要装潢铺垫。徐德才因为与城内街坊熟悉，因此得替局内办事的宦官作中介人。采办也非固定的官衔，也不过是供传奉时方便的称呼，所得三千五千，不过糊口。

徐承茵原名承恩。也只因徐家缺乏读书人，才让塾师给他取下这样一个尴尬的名字。徐承恩长大读书之后深觉得自家名字一看就像宦官仆从或他人之佞幸，曾屡请本县儒学教授改名。教授称姓名已填入县中小录坚持不允。复一日承恩又谒教授。这次教授倒不待他开口业已道出："你运气好，现今查出三十年前县里名单已有徐承恩其人，三个字一笔一画与你的姓名全部相同，如此你可以依例改名。我正在申请将你的恩字下面除心，你今后可称徐承因！"承恩仍是不快，因为承因可误为尘因或澄音。只是刚离开了宦官之名分，又带上了释氏沙门的色彩。教授也看出了他的意态快快，就说："这名字已填入姓名录里去了。好了，我现在再在因字之上添一草头，看来还添得上，也不显痕迹。这可算通融方便已到尽头，不能再改了。"

如是徐承恩，初为徐承因，终为徐承茵。

及至省里应考也发生了问题。原来学子应考当什伍联保，不能有孝服未除，僧道反俗和工商异类的混入。这"工商异类"的名目在太祖时已经见诸文书，以后也无人关注。此次则因徐承茵的父亲徐德才曾任明金局采办，有人以匿名信告到府里称徐家非仕非农不能混杂入举子试。府里教授召集应试的学子评判。仁和县的李功敏和余杭县的陆澹园本来和徐家有来往，至此仗义执言，说明徐德才并非匿名人所告之徐得财，既非市侩，尤不是工商异类。实际上徐德才源出钱塘望族有若干人证物证。据此徐承茵才能参与府试。有了这段周折，三人成为莫逆之交。及至来到汴京，大家无缘参加礼部会试与明俊殿的殿试，更觉得风雨同舟。他们在所谓“郡斋”，亦即临安会馆食宿的时候，已是朝夕与共。以后经过所谓甄别考试，三人入不同的学校，但仍不时聚首，一则探问家乡消息，一则交换各人就学进职的经验，借此窥测朝政对大家前程的影响。刘家缕肉店地方方便而不吵闹，正是三人喜爱处。

提及朝政和学规，则自神宗皇帝颁发王安石的《三经新义》以来，距今将近五十年，朝令夕改也不知多少次了。并且一朝罢诗赋，重德行；一朝又重策对，用字一时说《春秋》也不许用，一时又渗入佛老，廷试也三年一届以后又搁置五年不行，以致天下塾师都不敢相信自己。有些人将课读生徒的讲义分作两种抄本，蓝本为应付当今持政所提倡；另备白本讲义私用，也作为对付时局改变，须要归原复旧之张本。

徐承茵自束发就教以来即听得先生说起：“你看眉山苏东坡作《刑赏忠厚之至论》，说什么：‘可以赏可以无赏，赏之过乎仁；可以罚可以无罚，罚之过乎义。过乎仁，不失而为君子；过乎义，则流而入于忍人。故仁可过也，义不可过也。’这分明是胡说！未来有功则赏，犯罪当罚，法律总要有一个准则！怎么又由他苏东坡提出一个可以赏也可以不赏，可以罚又可以不罚之暧昧游离的境界！到头只能凭他苏东坡一人做主，凭己意武断，凡是迎合他的主张之人皆为君子，凡反对他的尽属小人！”

现在看来这先生也仍是脚踏两边船。他一面支持新政，痛斥苏东坡和司马光；一面也朗诵他们的文章，也令士子记在心头。于是倘若新政不行而复古，苏马复生，正邪倒置，他们已有准备。

并且徐承茵来自钱塘县，家又在小西门外，面对西湖，不觉对苏东坡先生有一番尊敬。他小时就听说苏公知杭州府，替本郡做了一件功德大事。原来西湖水涸，运河引海水通舟，一时杭州城内外地泉咸苦，居民迁往他处，整个市面有萧条之虞。苏知府发动军民十万人凿六泉畅通湖水。又把葑草拔除筑为苏堤。湖边则遍种菱角，又责成种菱人户继续铲除葑草。从此江潮不复入市，饮水甘美，人民安居乐业。他去后人民筑祠祭祀。即朝中贬苏为奸党，他在杭郡仍是香火不绝，即新来之地方官亦无法禁阻。

可是身在江南家乡有一段看法，现来阙下又有一种看法。原来苏东坡、司马光等人主张一切大而化之，雍容为一切之根本。王安石的一派则重功利，不含糊马虎。改革派从重新注解经典做起。孔子说：“不义而富且贵，于我如浮云。”可见得富贵之本身并非即是不仁不义。孟子说：“王如与百姓同之，于王何有？”

也就是说好色贪财乃人之天性，只要上下同好，公开承认，又有何不可？于今蔡太师提倡的“丰亨豫大”也是这个道理。丰者大而多也。亨者通达也。《易经》就说出“丰，亨，王假之”“有大而能谦必豫”。亦仍是王与百姓同之，有政府做主，既已操纵了充分的物资与实力，今后继续扩张发展，也用不着夸大其词，即断无不能通豫之理。

徐承茵也非冥顽不化。他起先以为贬司马光等三百余人为奸党，将姓名镌碑刻石，由今上御书于端礼门外，其子孙不得应试，皇室不得与之通婚，而且奸党家属不得来京师百里之内，未免做得太过。后来日子一久，把内外情势看清就知道党锢之祸与文官组织考选制度无法分离。既有科举则不能避免舞文弄墨，以文字上下其手的习惯，也无法遏止家庭亲族间的恩怨。谁不知道当今蔡太师之弟蔡卞，即是荆国公王安石的女婿，要他反对新法，也就是缘木而求鱼了。并且大家都知道司马光道德文章冠天下。朝中将他的名字列为奸党之首时，还有一种说法：当时做工的石匠拒绝把自己的姓名一并镌在石上，以免千载之后当戴着一个陷害忠良的罪名。可是现在看司马光劾王安石的表，内称："安石首倡邪术，欲生乱阶，违法易常，轻革朝典，学非言伪，王制所诛，非曰良臣，是为民贼。而又牵合衰世，文饰奸言，徒有啬夫之辨谈，拒塞争臣之正论。加以朋党鳞集，亲旧星攒，或备京畿，或居重任，窥伺神器，专制福威，人心动摇，天下惊骇。"这样的文辞也是尽其刻毒了，如果真的经过宸断批可，也是要置王安石等人于死地。怪不得新党得势也要斩草除根，务须杜绝诸人亲属子弟再来时，又以道德的名义翻案反正了。

只是当代新法比荆国公王安石的新法更进一步，蔡太师不仅怂恿今上行方田法，重榷运，也铸当十大钱，将京官薪给一再调整，又整个改变学制。诗词歌赋都是无病而吟，供文人含糊其辞，用作道途讽刺，掩过饰非的工具。只将苏东坡之"可以赏可以无赏"变本加厉。学子须刷清头脑务必从正字习画学起，以便耳目一新。当然医算也关重要。他们应举而来的二千余人虽没有遇到考进士的机会，却仍给予甄别考试，内有字法、画笔、算数、医理四项。其中画笔一项出人意表之外的，乃是令各人自凭己意画茶壶一盏、茶杯两只摆在盘中。大部学子只以为试题出得滑稽，于是画得东歪西倒，方圆失据。殊不知当局认为的格物致知正心诚意，即在这实际的地方着手。榜出之日，凡在书、画、医、数四科之中无一技之长的，一概遣送回籍。李功敏写的字好，陆澹园长于计算，已是由来有素。徐承茵之能以画见长，则来自一段奇缘。

然来承茵手短。大凡身长五尺半的男子，手长从肩骨至手腕最短也有三尺一寸。独徐承茵只有二尺九寸。他的手指也粗短。于是他写起字来，笔笔刚韧而突出，缺乏一般人的秀丽。唯独画茶壶他乃是能手。这也源于他闭户读书作文时，他的母亲经常给他沏得一壶好绿茶。每当文思干涩，需要停顿休憩，重新考虑之际，他已养成一种习惯，也不离席，只是随着兴之所至地对着眼前事物写生——画茶壶。

初时他还没有体会得到：他一心只想将轮廓上的曲线绵延委婉地一笔勾出。画得多了，他才领悟弧形曲线无乃粗短直线连缀而组成。

他自己的粗硬笔法正符合此需要。只要这些短直线画得着实不虚浮，转弯之处只用笔抹过勾点，也就惟妙惟肖了。

当甄别考试题出之时，其他学生对着试题笑，他自己也笑。可是他所笑与人不同，乃不是像旁人样以为试题荒谬，没有叫受试者画山水景物竹篱茅舍之类，而画茶盏，他笑的乃是正中下怀。果然出榜之日他被送往画学，名列第二。后来第一名因生病而中途退出，徐承茵从此成为新成立的画学中之特殊人才。

然则这番遭遇有好有坏。固然画很重要，可是不待说，他徐家人叔伯一致支持他读书，原望他一帆风顺中个进士荣宗耀祖，将来出将入相的机缘都在彀中，纵不然也以文墨见长，在御前作学士翰林，却想不到他将以丹青为一生事业。还有的乡人无知，他们未曾听得韩幹画马传神、曹霸图功臣毕肖也各有一番建树。他们所知道的画官，则只有一个传说中的毛延寿。此人向王嫱家索贿不遂，因之将一个绝代美人画成一个姿色平庸的宫女，以致汉帝遣她和番，至今为人唾骂。只此一点，他们对承茵的入画学也无从刮目相看了。

及入画学，他才知道当今天子也是画家。御笔所绘唐朝女子熨绢一幅，即一度送至画学传观。当局一再强调画学的重要：今日之所谓画并不是凭空制造，而是照着景物写生，探求人伦物理都从这些地方开始。画师不能凭画局出将入相，可是出将入相的基本原则的根据，却都可以在笔下产生。要构造一幅汴京景物的画卷即由今上创意做主。他指望画师之笔像《诗经》的作者一样将皇都人民一般生活据实写出，作为施政的根据。徐承茵为这景象憧憬，要是这设计的预想完成，可不是参与的人都前程无限？

其问题则是无人能担保这设计能依预想完成。要是再来一次星变，蔡太师的新政倾覆，则参加画卷工作的人都可以被视为邪派和奸党。加以现在的主持人刘凯堂性格这样的倔强，得罪人又多，那种局面真不堪设想。想到这里，徐承茵也免不了怨恨自己命运之坎坷。要是或迟或早参加考进士之大典，得以占得一个正途的名位，不是可以避免无端的烦恼？

他净手之后回到餐室，陆澹园已和店小二结了账，还留下了一百二十文的堂彩。承茵只得喃喃地说："又让你一个人破费，真是不好意思！"李功敏从旁圆解："都是家乡人，也用不着客气了。不日徐兄功成，画卷圆满，天子嘉奖，翰林院加官，我们可不是一块沾光！"

这时候店小二又捧入一桶冰冻甜酒，不开在账单上，为店东孝敬。陆澹园将酒倒在手指尖的小杯上说着："饮罢！今朝有酒今朝醉！"他又提议唱歌。他一开口，李功敏也提着嗓子唱，承茵只好附和。他们所唱乃是当今流传得最广的《百媚娘》，作者张子野。词云："珠阙五云仙子，未省有谁能似？百媚算应天乞与，净饰浓妆俱美。若取次芳华皆可意，何处比桃李？"

巧的是，张先字子野，宜兴人。此地在太湖南岸，去三人家乡杭州府不远。他所填词固然按《集韵》，但如以南腔调唱出，更能表态所叙之扭捏味道，比如"子"和"似"，少带"紫""缁"之浊音，"与"读如"吕"，"美"读如"米"，也就更够劲了。

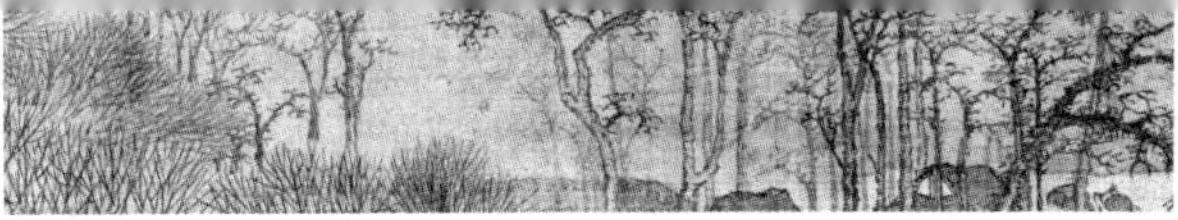

第三章

“你还是不和我们去？”李功敏问徐承茵。

承茵回答：“两兄好意已领会了，只是孤僻的性格一朝难改，务请见宥！”陆澹园推他一把，笑着说：“兴来则往，兴不至不相勉强，用不着说什么见宥不见宥的。”

“这样澹园兄已经见怪了。”徐承茵意态阑珊地说。

“承茵，”还是李功敏以大哥的资格解说，“你和我们相聚这多日子了，你也应当知道陆兄性格。他如果真见怪，他早已向你道出。我们只觉得你一个人回到一间空房子里去，也怪可怜见的，所以希望你一道偕往。但是各人兴趣取舍不同，你觉得不自在，我们强拉无益，还不如等着下一次你兴致来时……”

“下一次我一定奉陪。”承茵就此找到机会脱身。

陆澹园此时已经微醉，他用手指点着承茵面上说：“可不要忘了，下次不许推托！”

这时候外面已经微雨，店小二替他们雇了两部骡车。徐承茵告诉车夫回檀香木后街沁园巷寓所；陆、李二人大概是朝留香院方向去。一到车里承茵就后悔在两人面前言辞欠妥。他本来可以用腰酸背疼之类言辞推卸。一经提及孤僻的性格就俨然表示自己的格调与他俩的志趣不同，而且有轻蔑他们的含义。然则此非自家主意。只是一言既出驷马难追，只好希望他们两人真未见怪。

骡车上的油布在潮湿中发放出一股桐油气味。大街上灯光闪烁，还有不少的人在雨中来去。

这东京到底有多少人口？此是徐承茵经常想及的问题。官方记载开封府一府十六县只有户二十六万、口四十四万。此种数字是靠不住的。若真如此则一县之内不及三万人数。况且全府必须有户十八万每户二口，其他八万户每户一口才能顶凑出而不超过此四十四万。可见得这户口数只是抽丁纳粮的底账，真的偌大东京有多少人数？民间自有说法："加之十万不为多，减之十万不见少。"如此说来新旧城内男女老幼六七十万左右应当是一个合乎情理之猜测。

此口数之内妓女不可能少过一万人，尚可能在两三万以上。再加假母仆佣之类靠青楼乐籍为生的人数，应在三五万之间，承茵想着早已如此。不然来京应试的学子一次即一万七千多人。他们一方面竞取功名，一方面也随船带来各地方物在京出卖。漏付关税所得盈余趁此名士风流一番。虽不每人如此，很少的能例外。若无众多的妓女，如何能容纳如是许多的五陵年少？

承茵立足兹土也已两年多了，他对城内街坊不能全不熟悉。大概朱雀门外凡西瓦子门之南，旧曹门潘楼，泰山庙两街，相国寺之东南及东北和蔡河北岸满街满巷无不妓馆林立。各酒店两廊小阁子每至初夜必有浓妆妓女数百听客呼召。然来东京依汴河而西达河洛，东南则通淮泗而及江南，东北又自陈桥而通辽，不仅是京师，也始终为四方商贩集荟之处，舟车阗咽。各地贩来之商品如绫绸绢布，金银首饰，食品药材都在这皇都交卸。虽说有一部分转口贩售他地，却大部供开封府耗用。这汴梁一带却非工业重镇，输出有限。这样入多出浅，经年屡月如是，何堪维持？其答案则是大部分由国家赋税化为官员薪给士兵粮饷购买这些消费品。另一部分即为花街柳巷所撙得。仔细想来，这也没有甚不对的。夫钱者泉也，总要川流不息。你既不许人兼并聚敛，则要使之发散流通。蔡太师论国家财富，“和足以广众，富足以备礼”，务须多出多进也是这个道理。

把寻花问柳提倡而为时尚则本朝先有柳永耆卿，后有张先子野。两人都为填词名家。然来填词有很多禁忌麻烦，句长句短已照牌名规律不在话下。而尤其平上去入的要求最为严格。可是词又与诗不同，它上一句可能修饰得极尽其华美，下一句又可以不嫌俚俗，好像以口语道出。于是填词名手出入于古文辞及白话之间也另有一番境界。柳张二人最能耍弄此双栖作法，用以发扬他们的词情诗意。柳耆卿所作“今宵酒醒何处？杨柳岸，晓风残月”，即表现一种艺术家的放浪不羁，不能以常规相责。又有“黯相望，断鸿声里，立尽斜阳”，却又表示情绪由美感做主，平白发生，出诸自然，只能从环境里体会，无法按条理分析。有了这样的手法与造诣，他们指名道姓地歌颂在东京相爱求欢的妓女，当然把所吹所捧者个个化成仙女下凡了。

柳耆卿叙他与相好的赵香香叙别时：“好梦狂随飞絮，闲愁浓甚香醪，不成雨暮与云朝，只是韶光过了。”如此他把离情写成可以目睹也可以口舔的事物，真有如“剪不断，理还乱”了。张子野描写他爱慕的谢媚卿，有一日他和她在街头相遇：“尘香拂马逢谢女，城南道。香艳过粉施，多媚生轻笑。斗色鲜衣薄碾玉，双蝉小。难欢偶，春过了。琵琶流怨都入相思调。”好像一步一拍，辗转都入节韵。

至此读词的人，全然忘却所叙女人以金钱与肉体交往，为她们所厌恶的人荐枕席，被人称作“行首”的不堪处。吹捧她们的人也不具钱钞，而代之以新词，扩大她们的声名，却也在中占便宜。凡此暧昧虚伪处尚且不容人道出，若有人将之暴露则为不识风趣。

徐承茵也非自始即不识风趣。他初来京师时也曾与好友名士风流一番。李功敏已婚。今人生在大宋，婚姻据父母之命媒妁之言而行，没有古人桑间濮上自寻配偶的自由，所以偶尔在花丛中寻欢，也为时下谅解。徐、陆两人则尚属童身，随着去也半由好奇心驱使。春宵一度之后好奇心是满足了，可是对徐承茵说，满足得并不愉快。接奉他的女人知道他尚是童身就张嘴大笑，毫无禁忌，只像领着一个大男孩去洗澡一样的爽快利落。两个身体间无半点羞怯的成分，更用不着说神女巫山传闻中的神秘与美感了。

汴京的妓馆当然也分等级。柳、张二人光顾之处多在相国寺东门大街南曲。馆内分为三四厅，内中曲槛回廊，多植花卉，也有假山盆景，先让男宾以幽畅的心情接见女仙。房内也宽敞舒适，全部楠木桌椅，琉璃灯台，又全部软细茵褥。至于三面棱花床内有枝皮则只是洞房花烛夜最后的出处了。徐、陆、李三人问津之处全无此类豪华。一进房即是一副桌椅，一榻平床。侧后有布帘一道，内置马桶，此外无容身回转之地。如此排场已明白道出：此间设备尽在房事。室中男女也无通好问款曲之可能及必要。

第二次徐承茵与陆、李光顾另家妓馆时，接派他的女子发鬓生光，虽略现清癯，面容仍为姣好。只是年龄不过十三四岁，一看胸部尚未发育完全。两人坐在床沿上，徐承茵尚未问及她的姓名、籍贯，她已流泪哭泣。

“怎的呢？”承茵转身问她。这女孩仍是泪流双颊而不言。

他不禁想起自家在杭州的小妹苏青，她也和这女孩一般年岁。此时他的欲火已无声地消散了。他仍未解衣宽带。再看到她尚未发育丰满的胸部他突然灵机一动。

“是不是怕疼？”他问。

她仍没有回答，只是已点头认可。

那夜他两人和衣而睡。他已问明她名华月，开封府尉氏县人，尚未满十四岁，为双亲卖与假母不过两月。他们二人商议不要将一夜和衣而睡的情节向外人宣布。华月怕怠慢了客人被假母责打。承茵怕朋辈取笑说他不是男子。此外他把他身旁余下的五百文也给了她。

以后承茵多次思量，想再看华月。可是果真探问即会发生问题。如果再去又是和衣而睡则所为何来？并且上次他和她躺在床上，用手抚摸着她的头发，也并非全无欲念。今后再去如果他仍不侵犯她的身体，岂不是证实自己是伪君子？反而言之，若是动手则莫非将上次的好心肠化为假仁假义？

在伪君子和虚有男身之间选择还不如不去的好。至此他也觉悟到：两处情形既然如此，其他不待探询，可以举一反三。

有此经验后他再读《张子野词》，发觉内中一首称“赠琵琶娘年十二”。至此他更想及自家的小妹与华月。不过他也倒是同情于诗人词人说的，一个女孩身可以比作一首新诗，也钟毓于各处山川之灵秀。不然何以称燕赵佳人南国丽姝？尉氏县有闵水，经过祥符，合于蔡河，而入开封。此中必有无数河渚湾汊，也免不得近边垂柳远处青山。是否华月眉鬓之间也留下此中纵横曲折的风味？她在兹地长大，于朝晖夕映之中不可能对本土全无牵挂。他上次还没有问及她读得书时又必定在字里行间对当地景物更多一重记忆。可惜年只十四就给双亲卖与他人，从此也无缘重温河边堤畔少女之美梦了。

想到这里承茵也猛省到，那夜他和华月和衣而睡也是人生难得的奇遇。他自己甚可已因怜生爱。本来理想总比事实完美，既然如此，他更要保全此理想上完满的境界。如果再去看她，必为付缠头费，给小账，认假母，称行首弄得肮脏。况且他因怜生爱，既爱则眷的情形下更无法应付。他既不能娶她为妻更无从纳她为妾，如果真情眷恋，又何忍让她含羞忍疼地服侍他人？

这些情节虽在好友陆澹园、李功敏面前也无法解说。他自己尚且承认一片柔情非男子汉大丈夫所应有，因之陆、李两人邀他再赴留香院时他只称性情孤僻。此系推托之词，也系实情。

这样一来他更领略朝廷排斥诗词歌赋的原因。诗歌是非掩过饰非不说，总之也令人进入一种形影模糊的境界，与苏子所谓“可以赏可以无赏；可以罚可以无罚”总是大同小异。所以，今朝取士不重诗词而重书画，而且要画得切实，从茶壶与百姓日用方面着手，并不是没有它的道理。

雨已止了。他在沁园巷巷口下车，付了车费，敲门走进卢家宅院。他所租东边厅房另有门房一间，现为书画局派给他的傔从陈进忠所住。此刻进忠上前报告：“大爷，局里的范爷传话：主持画卷的刘鉴承业已他调，新主持明日到院视察，他要大爷一早前去。”

谁是他？范翰笙还是新主持？他问着傔从：“只有口信，还是有书信？”“哎呀，”陈进忠恍然记起，开口一笑，“有书信在。”他从口袋里掏出一封短柬。徐承茵在灯下看着：

茵兄台鉴：

抄奉翰林院传旨：将作监丞刘凯堂另有任命毋庸兼书画局描画汴京事。遗缺着画学正何叙接替钦此，等因到局。请兄遵阅后明晨昧爽到局为要。

弟笙叩

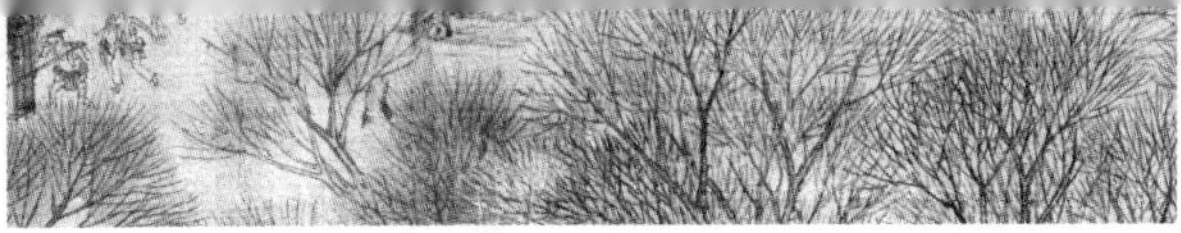

第四章

承茵将明早的准备吩咐停当。陈进忠应和卢家仆人商量，彼此留神不要错过了五更时光，给他预备洗面水和早点。书画局去沁园巷不及一里，步行不过一顿饭的辰光，只是雨伞仍要准备妥帖，他也知道范翰笙并未坚持要他在天明前摸索就道，毕竟绘画还没有到那样紧急的程度。他所谓昧爽到局，不过是一般不要怠慢的关注。照他书信上看来刘凯堂撤差，经过圣上宸断，并且接差人也由御前做主决定。此事来得突然，不知幕后有何蹊跷？所幸描画汴京景物的差使并未受影响。还有接事人何叙，他也是画学正，只是他的名字还不见于经传，也不知是何色人物。总之，此中还有不少的关键尚待研究。

本来自五十年前王安石主持变法以来，画图即成了政争的工具。最重要的争端始自熙宁七年郑侠作《流民图》，他认为流民身无完衣，羸疾愁苦，全是新法所致。他上的奏疏尚且称："观臣之图行臣之言，至于十日不雨即乞斩臣宣德门外。"因为这一幅掀动情绪之画轴，配上了如是壮怀激烈的文字，即足以使一代改革者去职。据说王安石去职外放之日，京师果然大雨如注，结束了半年来的大干旱。郑侠又乘着这胜利，再作《正直君子邪曲小人事业图迹》。其所以要分作两轴进供御览，即是不要把好人与坏人连缀地画在一起。这样更严格地提出君子与小人间正邪之分和是非曲直了。及至今上宣扬"绍述"，即是要继续父皇神宗和长兄哲宗的遗志，除了立奸党碑，指斥郑侠的倾倒黑白是非之外，也撤毁了景灵西宫里司马光等人绘像，又在翰林院壁上画《春江晓景图》以彰示再度与民更始的决心。本来画学的成立，就有了以上政治背景。

朝中一再宣扬"绍述"，不仅重新修订历史，也把绘画当作一种重要的作业，又宣扬务实，今后凡事从虚心处着手。刘凯堂担任主持以来，却也真能照着这宗旨奉行不阿。徐承茵曾亲耳听到他向一个试补画官的年轻人怒吼："分明是你把栋梁画歪了，托架和横梁不相衔接，你就在这角落里，添上一团云彩来掩饰算数！"接着他又拉着这可怜虫的耳朵逼着他向院里层檐看去，一面仍在追问着："你看有云彩没有？无缘无故一团云霓会飞进这屋里，在去地不及三十尺的檐边出现！”

这也难怪，文人作画向来就不负责任，这里一道瀑布，那里一股烟云，只要在图纸上搪塞得过去，也无须顾得景物之真假。刘主持之实事求是由来有素，他虽任图卷之主持，却仍保留着一个将作监丞的名位。将作监主持营造之事，凡一檐一瓦，一栋一砖都要能上下左右前后衔接。根据此项严格要求所作之画称为“界画”，注重当中一笔一画之工细，最不为迁就所谓“诗中有画，画中有诗”的朦胧模糊。

可是抓着一个试补官的耳朵是一回事，公开触怒上层又是一回事。本来描画汴京，最难避免当中妖冶女人的图像。假使刘凯堂不要声张，稍微画出一个像赵香香或谢媚卿这样的人物或乘轿或在庭屋之中“犹抱琵琶半遮面”作为代表，见者一看即知，又无人追问指摘也可以过得去了。唯独刘凯堂偏要大声呼叫：“整个东京城倒有三五万倚门卖笑的婊子！要不把她们画入图中，又如何能让后人知道画卷所叙乃是大宋汴京，今日的开封府！”

这还不算。京城之内凡三五百步，总有军巡铺屋一所，一般每所有铺兵五人，责在防止奸宄。城墙高处每隔若干距离则有望火楼屯驻军百余人，也为治安所必需。刘凯堂也要在这方面做文章。他近日公开宣示："如果这众人耳闻目见之事态也不能画入，又还要这鸟画卷作甚！只要我刘某人做主持，我就不容许这汴京景物的画卷犯上了这么多的禁忌，要处处提防规避，要在每一角度里裁减掩饰！"

现在看来他之去职不可能与这言辞不慎无关。

徐承茵之进入画学，并非本人主意。他受业之后，发觉此中也别有天地，并非缺乏引人入胜之处。先说作画的工具吧，已有这么多的种类。一般学生所用尚不过常品；但是先生示范之笔墨颜料绢纸大都来自贡物。纸即有纸面光滑的和质地坚实的不同，也有吸水多和吸水少的区别。丝绢之作为绘图之用，更有十来种门类。所用之笔尤其是万别千差，有的粗大而具拖把形；也有的韧而细如钢针。以往他只知宣城出纸，现在才知道特级紫毫笔亦出自宣城。宫城之内所用的最上品尚有由豪猪之毛千百根抽一造成，怪不得最是犀利。有了这千般百样的工具，又加以所用颜料如藤黄沥青也具有深浅浓淡之不同，又带着各处产地之名牌，怪不得作起画来最能表现楼台山川之结构和当中形貌的差别了。

及至临画花卉竹木，先生的解释更增加了徐承茵对习画的兴趣。学中的刘老师——这不是刘凯堂，而是另一位画学正——讲松树，他就说："你看这松树，不要想它是一道弯曲之线，其实每株之轮廓无不由三五根至十来根的短而粗的直线组成。古人称'苍松翠柏'。这苍即苍在树之上端迁就于阳光和下端的根受水分营养经过多少次的调节，所以每一棵树都久历沧桑，没有两棵松树完全一模一样。"他又预言：来日大考时三百多个学生所画松树可以拿来比较，当中大多数必会彼此类似，这些都是临摹而未脱胎的作品。如果当中有一纸和全班三百多人所画的完全不同，必为最上品，因为他画得也最像。

他所说一条长形曲线无乃数根粗短直线连缀组成，不正是徐承茵无师自通画茶壶的秘诀？

提及画竹，其技术又不同了。先生问及全班学生：常言"胸有成竹"是何意义？只有一个学生半猜半想地说出："画竹应先有腹案。"

这就是了。先生就此解释，竹之为竹，其性格甚难从远处看出，其受风吹雨打朝晖夕阴的影响都要在近端看出，其不畏强暴、遗世独立的精神也即在此。所以画竹者须平日揣摩，画时要将其茎干大刀阔斧地画去，最好像写丈尺大字，要重气魄，绝不能临纸犹豫。至于茎中之节倒不重要，此不过一种接合与转折而已。

不是现在每人都有画学里发给的特制砚钵吗？这种砚钵上面平坦，有多个圆环槽凹供研磨之用，多时浓墨也就凝集于上端。砚钵下面倒有一个洼穴，突然地低塌下去，内中有蘸墨稀淡的清水。画竹时只要将拖笔从上至下蘸墨过去，笔毛之内已同时注有浓淡不同的墨汁。画竹干时只管横扫千军，茎干或左明右暗，或左暗右明，已在一笔之内区划布置得清楚，不待思索。

茎干既已在位，茎旁小枝并不重要，它们一般不表现阴影，也不抒情，可以在竹叶铺摆完毕后，按需要追笔添入应景。要注意的为竹叶，画幅全部结构在此。平白说来，竹叶总是成行书的“个”字形，三画一朵，笔笔都要尖峭。可是这“个”字或浓或淡或开放或收缩，或明或暗，可以千变万化。此朵之一叶可以和彼朵之两叶结合，或三五朵向一边倾斜，孤立的一两叶朝上伸天。总之画竹全视作画者的气魄，气势一到，所画即使不像也像了。

此外画荷叶须计及叶上露水，画牡丹花不可忽略每一花瓣。画梅花尚须从细处看清花蕊。

及至画人物，先生又问全班学生，重点在何处？大家都说眼睛。先生也笑了：“眉目传情，人人所见皆同，可见此说不虚。”

"次之呢？"

全班学子经过一段思索，最后有两三人供给正确的答案——"嘴"。

"再次之呢？"

则更为难了。全班同学面面相觑。只能由先生解说："两只手。"一个人说话通常夹之以手势：手掌或朝上或朝下，手指或分或合，或伸直或弯曲都响应着正在一说出或尚待说出之词语。

至此先生也不再问了。告诉全班学生：凡人之身躯上下及于四肢也都是传情之工具。所谓开怀大笑和跺地震怒不免形容过火，其实一个人头背稍微屈曲或胸干不意扭转，也在自知和不自知之间暴露内心之思索。这点对徐承茵以后的工作极关重要。他参与描画汴京景物的画卷，卷高不及一尺，里面的人物高不过半寸。倘若缺乏此种指点，是很难支应画上的需要而不现重复的。

这一切已经很好了。可是宣和画学修习的六门课目，其名目为：佛道、人物、山水、鸟兽、花竹和屋木。前五个项目都有前代大师的笔墨可供临摹，也都注重作画人自身情趣。唯独最后一个课目屋木一项，既为当今天子所重视，偏无可以临摹之标本。有些教学先生尚是从将作监、造船务和后苑造作所借用。即当日刘凯堂也由画学里的王司业央请讲学两堂。

凡是其他先生所讲的，这批教学先生总是翻一个面。凡事物都有一定的法则和度量尺寸，按照《营造法式》的规模定局，不能由执笔人添增减免。宫室屋顶有斗拱托架，车有辕轭辋辐，舟船有舱壁舻舵，也不能说哪项重要哪项不重要，架构上有的即要画出；也无一件是抒情的工具。

并且画学里三百多个学生，半属“士流”半属“杂流”。像徐承茵及其他各州保送来京的及一部分由国子监下舍推送来的统属士流。其他称杂流，大都是将作监里和造作所匠役的子弟，他们的斋舍也不同，待遇更有差别。杂流之下舍，每人每月只领得饭食费三百文。学习绘画之前，他们都习《说文》《尔雅》和篆字，因为画总是由字而来。

即在学画的过程中，士流学生仍要每人选修大经一种，以免日后升官时不会与文墨完全绝缘。徐承茵所选修为《左传》。画学学生也每月一小考，三月一大考。考后常有升降。承茵初次季考之后，即属上舍，以后一直维持到毕业。可是在学一年半他经常提心吊胆只怕考得差误降至中舍下舍。至于杂流学生，他们虽选修小经或学律，大多数识字有限。他们的前途也受限制，如能做得一个监造官，也要感戴天高地厚了。

画学既称从格物致知做起，也从《说文》和《尔雅》打下了基础，又说百姓日用，何不索性推翻一切陈套，却仍又在人物之项目前加入佛道？而且所临摹之山水也仍不是一般人所见之山水，却依旧带上了飞泉瀑布、残云断崖？即所画的山峰也不像山峰，而像驼峰象臀？想到这里徐承茵也看透了新法之弱点，一切无传统可循，怪不得王安石要从《三经新义》做起。画学里无响应新法之师资，也缺乏画帖可供临摹，于是更感到蹎蹷。

即是画学里的考试标准，也表现设计的人仍在脚踏两边船。这文字读为："既能效法前人，而描画物之情态俱若自然，以笔之韵高而简且工。"本来"效法前人"就不一定仍能"情态自然"。"韵高而简"已经注重抒情，再来一个"且工"，则又要脚踏实地虚心写实了。两个月之后这项标准之最后六个字又改为"韵高而简为工"。一个"且"字改为"为"字，表面上出入有限，实际上关系重大。新标准叫人沉湎于诗情画意，即此可以代替细处之逼真。怪不得在这些字面上周转，徐承茵已经在就学时为着考试而经常踟蹰。

而且整个画学，甚至整个学校系统尚且经过一度虚惊。前年五月，书、画、算、医四学开学不及三个月，彗星出于西方，长竟如天，接着又有太白星在白昼出现。朝中上下都以为这是新法的过失。果然圣旨宣布蔡京以罪免，宫墙前的党人碑也在一夜之间掘出销毁。凡反改革派的家属不得来京师的约束也自此解禁。画学里有几位消息灵通的教官自此缺席。不日圣旨宣示："罢书、画、算、医四学。"画学里的三百诸生惶惶不可终日。司业和各学谕及斋长则成日开会讨论；起先训谕诸生不要离校，伙食如旧，只要各人安心自修。三五日后又继续传出消息：朝廷绝不会将画学解散。学校仍在恐慌的气氛里度过五旬，直到七月中之一日，日当蚀而未亏，群臣向皇上称贺，一切才渐渐恢复以前形貌。蔡京并未立即复职，只是受新命又为尚书左仆射兼门下侍郎，亦就是宰相如故，可是人人都称他太师，也知道此头衔仍是免不得他的。反新法的邪党也不待问罪，只是见风逃避返里销声匿迹了。四个专业性的学校，自此各有归属，书、画两学从此才正式受翰林院节制，因之较前更有光彩。

为什么星变会影响朝中政局？不是四十多年前的王安石王荆公即说此种天象经常发生，也与人世间之有德与无德全不相干？徐承茵即及此事曾受好友李功敏的指点，他要承茵不可造次。李剀切说及国家大事看来全是朝廷做主，其实不然。朝令也要透过各地府尹县令才能下达闾阎里巷，各地方官也不能全不顾及下情。迄至今日，四海之内都知道天子奉昊天诰命办事。所以天象失常，天子避殿减膳，诏求直言，已千百年如此。如果天子而不畏天，则全国上下也失去了听命于朝廷的根据了。当年王荆公称“天命不足畏”，就有人弹劾他。在这方面指责他的是谁？大家都记得起一个“狂夫郑侠”。其实前有富弼，太华山崩之后又有冯京。他们都是本朝内有数的饱学之士。

经过这场虚惊之后，八月间消息传来蔡太师尚要对画学诸生训话。本来太师自己就因书画之长受得今上赏识。于是学校里人心振奋，上下把全院整顿洗刷得干净，各学生之优秀作品也拿出来陈列，徐承茵所画两纸在内。可是到头太师并没有亲来。有人说他年近八十，已行走艰难，也有人说他伸手即不能见五指之外的事物。训话终由蔡攸代达。

如果太师已成为传奇中的人物，则龙图阁学士兼侍读蔡攸却真是一个有血有肉脚踏实地敏捷快智的汉子。他这时四十开外，身穿紫袍，佩有皇上赏给的球文方团金带，有了这样的堂皇相貌，又身为三朝元老之长子，所说话也应当有分量了。

他那天所讲着重美化汴京。这时候修整京城的工作正在展开：以前城墙角落畸零的地方已经拆卸即将改筑为长方形。皇城东北角，开辟为一个大园囿，内中凿有湖沼，新建楼台榭阁，不在话下。凡各处地方供奉的飞禽走兽也置放在囿中。又置人造山一座称为万寿山，所有竹木，统由江南运来移植。山上大石尚且由太湖边上掘出，由特制的船舰千里载运来京，这一切木石统称为“花石纲”。徐承茵当然知道此间情节。他家中来信，父亲徐德才也为这事奔走，帮助明金局的宦官已北去太湖不止一次。

这事之成为争端则是很多人，也包括朝中上下认为“劳民伤财”。蔡攸的训话承接着父亲“丰亨豫大”的宗旨，务从大处着眼，劳民并不见得伤财。国都内外很多人民愁苦，主要的原因就是找不到工作。另一方面京城内财货堆积如东汉之西园唐之琼林，不使之流通，莫非愚不可及？他又引用《孟子》讲及文王之囿方七十里，和文王以民力凿为沼，而民欢乐。再用《诗经》所说：“雨我公田，遂及我私。”先要把皇室之事做好，然后利之所在也泽润到老百姓头上了。至此他才提及绘图的重要，如果画图人放开眼界，即可以看出今日汴京之繁华，大部都系朝中活动之所赐。画官也如史官，把人民熙熙攘攘的情态表现于画幅之中，即与史家以文字记载有过之无不及，只有更为真切。

后来徐承茵又从澹园处听到蔡学士在算学里训辞

的要旨。历代各朝之均田无不惊动人户，只有本朝当今之方田，则没有这毛病。所在户口之田产全部原封未动。方田只以最精密的方法测量田土，而各按地亩大小及肥瘠起课。起先还实施得没有把握，现则有神宗朝的沈括，他已将由弧线弦径计算畸零面积的方法编汇成书。如果上下同心照他的方法算去，赋役的分派至为公平，也真可以做到不加税而国用自足的境界。此外冗官当然要除，冗兵也要裁。这些都是各学子的事业。这样一来国家前途又在算学诸生的手掌中了。

蔡攸在书学的训辞，则从引用神宗皇帝的四言诗“五季失图，玁狁孔炽”说起。他提及“玁狁”亦即是“猃狁”，也和古之“荤粥”同，总之就是北狄。至此他大声疾呼地说出，这些都是蛮荒之野人，可是从五代以来都侵入长城以南了。现在很多人都谓朝廷向西夏及辽拓土。其实不过是光复故物，何尝拓土？

三人将太师之长子、皇上之侍读的训辞综合起来，即知道今日朝廷之所作为旨在富国强兵。这宗旨在军备、财政、赋税与学术诸方面看来都彼此相通。此一套既为当今天子所瞩目，也为各学生立业之千载良机。原来学书、学画和学算当初都非三人自家主意。现既如此，大家都是新法社稷之臣，也只好就本业，奋勉用事了。这也就是三人中的长兄李功敏不断规劝两位学弟之至意。

日子一久，徐承茵逐渐淡忘了画笔和文笔间的等级差异。他知道自己写的字并不算好；文墨与诗赋也没有考上进士的把握。现在有机会舞弄各种画笔总算也有一技之长。至于乡人亲戚一定不把绘图当作正当事业，那他也无可奈何，这是当今皇上和朝廷的主意，这些人认为不对头，让他们到紫宸殿去争辩好了。

学校毕业各人到不同的地方见习两个月。徐承茵不争着去六部或各院局，而志愿随着两个杂流的同学去造船务，当时看来是很奇特的。此时今上皇帝有意描绘一幅汴京景物的打算已有人从宫里透露出来。徐承茵想去看造船，一来由于两年前从江南来汴京，路上看得很多船只，好奇心动。本来各色船只装配不同。海船尖底，凡所有楼台桅杆都打造得极为坚固。行运河的平底船所有桅杆都准备随时拆卸，以便通过桥梁下之瓮洞。除了专门装货的船用杉木造成固定的船篷外，很多内河船只多用竹篾。可是客船又分官舱房舱，有的铺上凉篷，屋顶盖瓦，以防夏热冬寒。更有特快飞船，两头铺上划桨平台，划桨手即有十六人至二十人，桨长二十尺。这一切无画帖可循，他希望将实物看到真切。二则他知道皇上有意描画汴京，这界画绝不能少。他自己对文人画已经学得颇有头绪，即山水、人物、鸟兽、花卉纵未臻上乘，也不比一般人差。唯独屋木一项，自己觉得空虚，学校里所讲授的也有限。偏是宫室舟车桥梁彼此相通，它们也不能由一根曲线化作数段直线的随便将就，他很想就此用功修习一番。

这两个月的见习不能说是没有收获，可是仍与预期相去得至远。清江口的造船务只有一所官衙，并无厂房。锯木炼铁和造船的工匠无乃数千人。他们都在江边及支流汊湾之处搭盖茅棚作业容身。他们的妻室也在近处茅棚内每日以瓦罐送得汤水米饭。最奇怪的也没有一个人能告诉承茵此中的指挥体系。两个杂流毕业的同学则从分发到务的日子不见踪影。他们只假借这见习之名，各自返籍探亲去了。

经过一段摸索之后，徐承茵才领悟到这造船务的发号施令上下协同，并不按照官方职掌规则。衙门所管只不过经理会计。制造打钉之事全靠员工间师兄师弟的关系。造船之诀窍无手本图解可供传阅，而全靠口头讲授和实场经验。况且多数之造船师尚不识字，他们对外人询问总抱着疑惧的态度。即是造船务里的官员也不对上方派来的见习感到兴趣。在这两个月内，承茵经常处在不被众人欢迎的环境里。

他也发觉了工匠之所着眼不在设计之奇妙，而在手艺之精致。他亲眼看到一个工匠和一个徒弟用大锯锯木，一来一往，将一根丈来多的方木，锯成厚不逾寸的悬皮。当中如有任何差池，所锯成之木板就会一高一低，左右不能对称。以后他又一再留心观察，这些工匠从不遗误。他只能想象左边的师兄右边的师弟动作俨如一人。凡脚趾脚板的定位，肩臂用力的程度和节奏，甚至身心呼息都要按成规摆布，他们都奉鲁班为此行业的先师。在崇拜先师的时候即已在信仰之中产生纪律。纪律之延伸，则为协同之技巧。这种做法只能在行动之中领会而不易口传，也是他们帮内人之约规。怪不得他们对帮外人之啰唆询问要感到不耐烦了。

清江口所造都是内河船只，看得多了，徐承茵已领悟到各船之不同，大概都在船舷之上。船半造成时从上向下看去，总像竹笋之剖面，不外一个长方形的槽盒，当中稍宽，内有数幅到十来幅的舱壁。造船也无所谓设计，只是师徒相传，各处尺寸大致不能偏离比例的限度。船舷上的房舍则像陆上家屋一样，不过要禁得起船夫在上走动操作罢了。这期间他观察之中最大心得则是画船一定要有定位。如果从上向下看去画及一半，又从下向上画出一半，十之九两方不能对头。

他去清江口时正值盛暑，回来已见凉秋。刚到画学报到复命，他就获悉自己已被派到书画局和其他十一个画学员一致协助刘主持凯堂，描画汴京景物。十二个人分作四组，先自京城垣河渠街巷据实描写，又用另纸临绘人物牲口舟船车马，再由主持参和翰林院学士研究，从草稿之中选择编辑成章，设计誊画于绢上。翰林院传出圣旨：这画卷也是国家大事，有如开馆修史一样，不能马虎草率，如果画得符合实情又振奋人心，即花上一年半载的时光，皇上并不介意。

这是去年重阳节前后的事了。当时徐承茵确实兴奋了一阵，他知道此番工作必与新法配合。同事中尚有同学范翰笙，两人都在搜集材料的过程中占重要地位，范只比他先到数日，承茵问他：

“画卷有了名目没有？”

“还没有。有人主张仍称‘春江晓景图’。可是不少的人反对。这和翰林院的壁画重复。看来会有一个新标题。”

“刘主持为人如何？”

范翰笙没有正面回答。他只说：“你看着好了。”

其实他成日咕哝，好像所有的人都和他过意不去一样。三天之后，徐承茵对自己的问题也得到了解答。一位画学员在临画街衢时，稿上表现视线突然中断。刘凯堂在逼问他：“你这间茶馆到这里就什么都没有了？”

“还有间壁。”学员喃喃地供出。

“间壁就是间壁？”刘主持又追着问去：“上面什么东西都没有？也没有字画张贴，也没有门帘窗户？”

本来这问得也切情景，但是出自刘凯堂口中，声色俱厉，好像学员在存心欺骗，有意瞒着什么的。学员只好承认：“靠后有一幅窗户。”

主持就拿着毛笔在所在的地方勾出一个空框，一面再逼着问：“窗后尚有什么？看得出邻舍的侧门还是有花木树枝遮挡？”

徐承茵在旁见着，他就忖想：这并不是在对部属作画的人之一种劝诫，要他们处处存真，而是像捉贼追贼样的严厉。学员被逼不得已时只好说：“好像还有花木。”

刘凯堂一听得“好像”二字，就跳将起来。“好像！”他又在这学员的耳旁怒吼，“局里派你们去写生，要你们把所见所闻据实报来，没有教你们用‘好像’来塞责！”他更逼着问：“就说‘好像’，好像什么？好像一株大树，还是好像一堆灌木？”听到这里徐承茵更免不得着想，画之为画少不得供人赏玩，原来不离娱乐。像刘凯堂这样的遗派，真是为形影所奴役。即纵算画得逼真，也使画的人和看的人同样感得索然寡味了。

再过两天另一位学员因病请假，假条由邻居送呈。隔日他仍未痊愈，也未续假。第四天他仍有病容，勉强到局。刘凯堂也给他一阵雷霆。这学员还在支吾，只说上日还发高热。刘主持即当着大众吼叫：“你吃公家的饭，如果没有批准给假即纵不能行走，则爬也要爬到局里来！”结果此人记过罚薪。

怪不得不久之后有三个画学员联名呈请他调。

最使徐承茵存反感的乃是局里有一个画学员所画屋柱，近距离画出，柱之圆径却上下一般。刘主持质问他画时系从上向下俯视，还是从下向上仰视。那学员即供认系向上仰视。主持即逼着他蹲在厅中大柱前，也用手揪着他的头皮又是一阵怒吼：“看清楚，这柱子从这角度看去还是上下一般大，还是下面大上面小！”当他回过头来怒犹未息两眼横扫旁观者徐承茵时，承茵并未回避他的眼光，心中只想：如果这刘某同样凌辱他自己，他逼不得已时，只好预备说“士可屈不可辱”。想到这里他才体会到自己在画学里到底是“士流”出身的好处。

或许由于徐承茵此时一瞪眼表示决心之故，刘主持凯堂在职六个多月，始终没有和他过不去，可是和他在一处时，即使事不干己，承茵仍觉得空气紧张。

日子久了，他又看出主持的面色苍黄，手指颤动，料想此人患有肝胆之病。他不仅成日对部属挑剔，也经常得罪同僚与上司。局里作为资料的画稿已经集匣盈筐，他应做设计布局却因为多方的不如意始终没有展开。徐承茵也知道不是办法。可是事前一点风声也没有，此时一朝去职却是意料之外。

那夜他将自己入画学以来的经历思索一遍，只觉得好坏的遭遇全不由自身做主。他只希望接刘凯堂事的人，没有前任的派头，把这画卷，叫作“春江晓景图”，或唤作其他名目，设计完成，使自己的前途事业也有一番着落。

第五章

画学正何叙听说徐承茵来自杭州，就对这一点特别感到兴趣。

“那你天目山一定去过，上过黄山没有？”他索性脱下了幞头露出半秃的头顶，两眼眯眯地笑作一团，说时露出一嘴黄牙和右边牙床上的一个缺洞。

“没有，”承茵解释着，“卑职自小入学，一直准备应举。入京之后又奉命改学习画，已两年余不去家乡。”

何叙也不听对方的解释，仍是坚持着自己的论调。“家在杭州，连黄山云海也不去看一下，那太可惜了。”

此人乃是新来的主持。他全没有顾及黄山与杭州间之五日行程。只是他谈话时和气轻松，并且叫承茵不要一直自称“卑职”。在这方面他与前任的粗暴急躁成为了一个对照。

原来徐承茵接到范翰笙的便条后，次日确是乘着天亮提早到局；可是新主持并没有来，他们空候了一天。第二天也仍无踪迹。第三日他来了却在午牌时分，大家都在饭室进膳。因为想及刘凯堂的派头，局里的人想望着新主持必会集合同仁点名训话，是以将饭吃完，大家都整饬衣巾待命。殊不料点名训话全不是新主持的作风派头。他已由傔从传下旨意：各人不妨照原职安心工作，习画的也照样习画。他如果有何吩咐，当临时召见各员，各人如有意见也尽可到他室内去陈述，他随时准备倾心洗耳接听。

这样又待了两天，承茵到底待不住了。他在街头写景的草稿已经积了一大堆，练习描画人物的姿态也练来练去不知多少次了。这草稿是否有用？今后作何区处？是否还要继续搜集新资料？全幅图景如何布局？到此他也想窥探此新主持画学正何叙到底是怎样人物。

不过前后五天的时间，他已听得不少的传闻。新主持出自通真灵达先生的推荐。通真灵达原名林灵素，现在的官衔为冲和殿侍晨，因在皇上面前祈雨见效，百官见他无敢怠慢。他甚至可以在京城内与诸王争道，是刻下朝中最为炙手可热的宠幸。

林灵素初为佛寺沙门，因不堪师父责打逃出学道。及经今上皇帝召见，他一意怂恿御前废佛倡道。他称太师蔡京为左元仙伯，正在有宠的皇贵妃为九华玉真安妃。皇上则为高上神霄玉清王，又号南极长生大帝，无乃上帝之长子。因着此人之建议，现下宫城里大兴土木建上清宝箓宫，皇上有时也自称道君皇帝。只因为林灵素并不直接干预朝政，也无监察官的弹劾。当日翰林院奏，奉旨描绘汴京景物的刘凯堂不符人望，此人在旁听得，当场推荐不见诸经传的何叙，经皇上亲任为画学正接替。

只和他谈论答问几个回合，徐承茵倒已领会新主持并不是一个以妖幻方技逞能的术士。可是他道法自然的立场却极为坚决，此系真情或出诸做作刻下尚难解说。及至承茵请示描画汴京景物一事应作何处置，何画正没有作简捷的答复。他反问承茵："当今皇上有一首叙晚景的诗，用御笔楷书大字写出，曾在画学传观，你想还记得？"

徐承茵当场朗诵："丹青难下笔，"念到这里何叙参合着他同时诵出："造化独留功。舞蝶迷香径，翩翩逐晚风。"何叙就此解释：画之可贵在近乎神品仙品，亦即是接近于造化之本意，此等事决不可出诸强求。说到这里，他两眼骨碌碌地看着承茵。他也知道年轻学子读书原为功名。即是朝廷更换法度，派他们习画，他们也仍望在丹青之中开辟门径，因之建功立业。只是功名富贵同样的非只发愤勉强即可骤得，仍是要虚心淡泊，静候机缘。何主持提出一段故事：唐朝的杜牧作的一首《遣怀》诗，“落魄江湖载酒行，楚腰纤细掌中轻。十年一觉扬州梦，赢得青楼薄幸名”。一方面表示他自己的顿悟，以前的问柳寻花，乃是少年时不省事的小不检点，今时以二十八个字一笔勾销。一方面此诗也使他遇到文章知己。吴武陵见得大为欣赏，于是杜牧举贤良方正。

徐承茵不觉在旁自忖：我的毛病还是坏事做得不够。今朝既为拘谨所束缚，明日也缺乏凭借，不能大张旗鼓地悔过自新，亦即无法表扬我骨子里有作圣贤之情操了。

他的新任上司又引出一段故事，也仍是解说富贵利禄强求无功，倒可因知音的见爱决于俄顷。周世宗显德年间有一个名李度的曾举进士，只是无人顾识抑郁不得志。只是他作诗内中有“醉轻浮世事，老重故乡人”之句，为国朝枢密使王朴见得，立时推荐与知贡举的翰林学士苏文炳。苏又因为这十个字，擢李为门下之第三人。

承茵至此又想及：仅是好色仍不够，还要嗜酒。那就可见自己的个性习惯难与新任上司调和了。

而且何叙更要强调杯中物与艺术相互倚靠之功效。“你当然知道写草书大家怀素了。”他又自问自答，

“他的《自叙帖》气势磅礴，从头到尾一气贯通。何以如此？他的灵感大部来自酒杯，他的杰作全是醉后挥笔而成。”

徐承茵自憾字写得不好，可是他也一向厌恶怀素等人所作草书。此等书法无非龙蛇走陆。叫人看去似乎可以在笔法中分辨，却又看不出其究竟。他也不知道好在什么地方。多时经人问及他只好自供艺术修养不够，不配领略。

至此，画学正何叙仍然不顾听着的人之反应，他满面春风地说出：“假使翰林院允许我这样做的话，我一定要他们给你们十二个人预备十二壶酒和十二个洗澡盆子。大家都喝完酒又在洗澡盆子里泡个把时分，我包得你们所画图都是上品。”他再度自问自答：“为什么澡盆呢？不是夏侯嘉正说过‘水之性也非柔非刚，非直非曲，非玄非黄’吗？此不正是造化的浑圆一团？也不正是我们作画人的梦想不到的仙乡吗？”

而且何叙也并不是只说不做。傔从早已传出：他桌上有一盏瓷壶，内中所盛并非茗茶，而是高粱酒。当他来局既不点名又不训话之际，已成日在公事房里自斟自酌。

刚去了一个蛮汉，又来了一个酒疯子，徐承茵如是想着。那天申牌时分局里的人都回家去了，他一个人留在几案后，将蔡河北岸垛房的画稿拿出来重画，只是画来画去，屋脊上的直线，总不够直，看来不如意。他一时使性，将画笔向后侧摔去，又喃喃自语："刚轰走了一个粗蛮的画匠，又招引出来了一个装痴作怪的画仙。"正在此时一人从后进入室内，使他失惊。他回头将笔收捡起来，才发觉来人乃同事范翰笙。在他谒见画学正之际，翰笙已花了整个下午去实地研究丹凤门前曲院街一带的街景。此时他把画夹放下，用手巾扫抹自己面上的灰尘。

翰笙想必已听到承茵所发牢骚，但是他只不在意地问出："那你已见过新主持了。印象如何？"

承茵一口气说出："说得好，此人是前任的一个反面，温良恭俭让样样都备。说得不好，他要的是妙品仙境，你我所画都是街头俗物，全部不能算数，不仅白忙了几个月，前途尚在未可知之数。"

"真有那么的厉害呀？"

徐承茵索性翻箱倒柜地将满脸气愤道出："他说皇上筑艮岳，凿雁池，可见得山水也仍重要。我说水是有了，又是蔡河，又是汴河。可是里面客船货船来往如织，难道我们可以闭着眼睛将它们弃置不顾，仍然画笔一扭，当作一叶轻舸，才能表现高人雅士的幽闲情调？至于山，谁都知道开封府处在沙丘黄土岗地，哪里来的云雾之中的高峰？我恨不能告诉他，如真要画汴京周围的山川，那也可以。左边一条直线，称之为中岳嵩山或西岳华山，听随尊便。什么翠柏苍松，飞泉瀑布，绝壑万仞，样样都全，应有尽有，你都可以添加上去，越多越好。中间画一长横，此乃三五百里至一千里的距离。然后右边轻笔一点，即算得是开封府，京畿路，也是国都汴京。好歹只要意到即可传神。别人也不敢讲你画得不好。如果任何人以俗调相责，那就是他自己不识风趣了。”

说到这里范翰笙也笑了。他又将肩上的灰拂去，然后问：“你想他要我们放弃这半年的工作，又从文人画开始吗？”承茵气色渐平，他说着：“至于强迫我们做某种作业，我想不会，那与他‘无为’的宗旨相违。看来他还是以静待动，只是无意热心支持我们的工作。你画丹凤门前的街景，我画蔡河岸旁的垛房，他也不加阻拦，只是我们白忙，他在局里闲着喝酒，这画卷永无定稿之日。他已经用杜牧、李度等人作喻，指说像你我这样的磨顶放踵苦干，希望出人头地，看来只是事与愿违。还不如像他自己一样度过十年闲云野鹤的生活，虽然一事无成，有朝一日被灵真通达或是通真灵达在御前一荐，却依然飞黄腾达。”

说到这里，他的牢骚已发够了，正准备收捡笔砚，打算回家，不料范翰笙拖拉出邻座的一把椅子，还预备长谈。“承茵兄，”他说，“我看这通真灵达的推荐我们新主持，绝非单独发生的情事，我想还是与当今朝政一样，有其一则有其二。”

“我不解你的意思。”

“先从五十年前的事说起吧，当年有一个王荆公，就有一个司马温公。又是熙丰小人；又是元祐正人。不久奸党成为了君子，君子又成为了奸党。今日也还是一样，既有太白星于昼间出现，则有日当食而未亏。书画也是一样，既有前任的锱铢必较，就有新来主持的浑然无是非曲直。”

承茵听得将信将疑。于是沉住气发问：“此中莫非有阴阳五行相生相克的道理？”

范翰笙回答：“你要用阴阳五行相生相克解释，亦无不可。只是小弟看来百官总是百官，大家总免不了胸中利害。哪一派哪一党得到皇上信任，占了优势对方将感到威胁。他们总要提出一个相反的名目，或者是一个对立的方案。”

徐承茵听着，范翰笙又继续讲下去：“很多新政，像方田法、免役法，本身都是好办法，可是经过党派的争执，总是做得不是太过，就是不及。你要朝此方向进展我偏不合作，必定要拖垮你为止。”

“据你看来我们的新主持属何派呢？”

“目前还不显然，可能当事人自己也没有摆饰得清楚。不过当中有一个线索：朝廷受东南财物的支持不得消化，成为了争辩的渊薮。王荆公是对的，蔡太师的基本方案也是对的，国库既有盈余就当下放，所以修京城，筑宝箓宫，造艮岳，运花石纲都可以使民就业，本身都不失为善政。并不是朝廷有任何举动即是与民争利。”

“那么坏又坏在什么地方？”

“承茵兄！”范翰笙把腰带放松，左腿交在右腿上，“你还不知道！你们东南六郡运花石纲来京不是一个显明的例子嘛！照理论上讲，千里挽漕，万夫就业，凡一路的脚夫工役茶馆旅店都一体沾益受惠。但是事实上是这样的吗？执事的人一想：这一切都是王事，我既能征发遣调又何必据实付费？所以即付费亦不过用犒赏名义，十付其一二，其余尽是一笔糊涂账，如是国家有任何兴革总是上有钦差，下有买办采办，他们获利。”

听到这里徐承茵想及自家父亲在杭州明金局的名目也是采办，这样看来也是沾着不义之财了。可是他老人家辛苦忙碌，所得至为有限，不时还要受宦官的闲气，要是把他也列入贪官污吏的分内可真冤枉。可是范翰笙不可能明悉自己家中事这些情节，他自己更无从出面辩护。他暗下咽过了半嘴涎水。范翰笙并未注意。他将左腿放下后，又回头问及："你听到过胡梓义他们那一组遇到固子门外一批'棚户'诉冤的那回事吗？"

承茵还不知什么叫作棚户。他只默默地摇头，心内仍不能忘怀于父亲采办的头衔与花石纲牟利的关系。

范翰笙于是乘着这机会解释过去："胡梓义他们三人去固子门外勘察——这还是去年中秋节前的事，那时你还没有到局——他们即被一堆老百姓围住。这些人听说画官乃是奉皇上之命调查民间疾苦的，他们即有冤待申。他们原在积功坊各有房舍，现在则沦落于城墙外为棚户。

"这冤由来自'赐第'。最初的原因也始自王荆公——"至此他又张口一笑，"当王公为宰辅时还是僦屋而居，他觉得委屈自己和一家事小，可是此非国家应有的体制。经他在御前奏明之后神宗皇帝就说：'好吧，宰相赐第。'可是国家哪里有如是许多的官邸供私人赏赐之用呢？

"本来国初原有功臣赐第，各世家削藩之后子孙居京赐第，带大将军衔的赐第，驸马赐第，以后宰臣赐第，领枢密院事的也赐第，甚至御医也赐第，于今尚食使亦复赐第。况且一经赐给即不再归还，各人当作传家产业留给子孙，国家哪里有如是许多地土房屋，供无穷尽的分配？

“于是受赐的人的办法也来了。他们对开封府和将作监说，他们也明知国家人力物力有限，所以自愿出资兴建，只要公家拨予空地好了。偏偏他们讨要的土地，名为空闲公地，却是人烟稠密的地方，像懋德坊、崇圣里一带都是。原来国初就有人在这些地方落业，也不知如何建房的人始终没有拿到盖着公事关防的文契。这时候他们祖孙相传已逾百年的不说，有些曾用钱价买的也不说，只有拆屋令下，这些人真的是妻离子散，家破人亡！再要申诉吗？只遇到官员的谴责：‘你们这股顽民，好生可恶！你们侵占公家财物没有被追究不说，还有狗胆出面告状！’现今他们多数在固子门外草地上搭茅棚容身。”

听到这里此中关键逐渐明显。徐承茵一想前任主持刘凯堂去职很可能与这棚户一类之事有关。要是描画汴京景物也把此类事据实写出，此又与郑侠之《流民图》何异？怪不得新主持要各人在文人画上下功夫，此中有道家的倾向，也多少有政治上的考虑。他要各人少露锋芒，有即如屋檐之下加入一团云彩，水上带着雾气，也不过是给各处各地留下一点遮盖，那么人世间诸种不平之事也可以轻轻带过去了吧！他越想越领会到这种看法合乎情理。他再一回想：本日下午何叙倾囊相授，要他记着水之性格非曲非直，不柔不刚。并且又提醒他，全凭己力做事不见得有成，还是要有人提引。这样看来，范翰笙是对的，通真灵达表面不干预朝政，暗中已在干预了。

只是此中一点使承茵感到不安，为什么像固子门外这么重要的事他们一直没有告诉自己？他总以为他们不是同学就是同僚。还有胡梓义、范翰笙，尤其现在面前的范翰笙，他自己与之相交如是之深，在这样业务上重要之事竟六个月未曾提及！难道朋党关系这样厉害，竟会分化书画局里的十几个画员？是否他们真知道自己父亲的事？还是他们以为自己是南方人而见外？并且此事过去没有通知他，何以又在今朝提出？他低头深思，两手不断地搓捏手中画笔的笔管。

范翰笙看出谈话的对象脱离了接谈的关系，只在一味闭户思量，于是把他唤醒：“我们听说你下午一个人去见新主持，都只怕以老兄慷慨激昂的性格，会和此人闹翻了。”

谢谢你们，徐承茵想着。仍旧是你们，你们顾虑着这般周到，却又不是替我设想，而只是害怕我一争吵，拆坏了你们的画图摊子！不过他只是轻声说出：“多谢你们的关心。”

他再望范翰笙一眼，终于想出了一个问题，打破僵局：“不过皇上传意，他要我们像《诗经》的作者一样把生民真相描写得出来，那他不可能让其他人做主，做得大权倒置。”

范翰笙好像久已等待着承茵如此说开，他听来如释重荷。“承茵兄，这就是了。我们知道你有话即说，在我们面前不打紧，要是在新主持面前说他违背圣旨，那局面就弄僵了。”

他又把椅子向承茵的方向推进一步，声调稍低地说出：“我已经说过，百官总是百官，你将一些人贬官，甚至流放，称之为奸党邪党，他们仍然官官相护，留下的正人君子内又是邪党奸党。皇上又有何办法？除非他每事都自己一手做出，总不得不依赖百官，那他也只能马虎迁就一点。”

“那我们该如何办呢？”徐承茵问。

“也免不得马虎迁就一点。照你讲的，只要他新主持不坚持我们做自己不愿做之事，我们也犯不着立即要求他照我们的意思去画，也还是容忍一点的好。”他又再度将声音放低地说出：“我想当今皇上也是一个聪明绝顶的人物，不然他何以棋琴书画件件都会？他之所以崇奉道教，也就是一个化归真一的主旨在。也就是所谓‘先黄老而后六经’的办法。你只看他先免太师蔡京职再悄悄地让他复职一事，由此看出：他任这班主张吵嚷的人吵嚷一阵，等到这班人做不出什么名堂之后才顺其自然地恢复前态。虽说目前形势还不明显，我们也仍只有容忍为是。”

徐承茵放下手中画笔，站起身来。他说着：“翰笙兄，我希望你说得对。我只是怕我们没有这许多的时日。我们到书画局里多久了？整整的六个月！不仅画卷还在虚无缥缈之中，连一个名目都还没有！”

这场谈话后刚一个月，徐承茵所说好像都成了谶语。“山东剧盗”宋江原来盘踞泰安州附近的梁山泊，初时尚不过打劫过路客商，在三月杪之前竟以“替天行道”的名义攻陷了东阿县，现在正收编民兵，准备回师洗劫东平府。

这还不算，吴中又有“流寇”方腊。他起先还只活动于深山穷谷内外。自去年年底他已开始进占通都大邑，出现于沿海一带。原来朝中采办花石纲，由东南防御使朱勔负责。此人手下尽是受宠幸的宦官和当地无赖。他们用公事的名义遣派夫役钱粮不说，而且动称民间庐舍坟墓处有奇异木石，因此借端勒索。于是方腊兵一到，各地村镇市民加入附和，昼夜之间聚众至万。四月初他们已相继入桐庐和富阳，现正顺钱塘江东下，一说杭州已经失守。

四月中旬一个下午，国子监助教李功敏骑着街头出赁的马匹来书画局向乡友徐承茵报信。总之即是消息不好。陆澹园派入太尉童贯军中已随进剿军南下，他只因行期仓促未及向徐兄道别，但是他一到杭州附近必会向两家伯父母探听消息，也当尽可能地协助。

徐承茵比常人更多一重顾虑，他的父亲徐德才曾参与花石纲之事，不管他预闻的程度如何，他也是众人愤怒准备清算的对象。

第六章

自宣和五年三月杪画学正何叙接任主持事以来迄至翌年八月，凡一年半。此期间徐承茵度过一生以来最是心神不安，凡事都不由自身做主的阶段。

方腊之能进据杭州，由于当地人民的响应，郡守惊慌弃城而走。一时暴徒与乱民结合，见着官僚即杀，遇到官署即焚，消息传入京师，朝夕旦暮不同。承茵担心双亲年迈，小妹苏青幼弱，一时无人照顾，不仅性命危险，而且即是虎口幸存，生活也无保障，是以经常挂念不已，也成日在练画用过的废纸上兜画圆圈，不然就在院里空闲地里踱方步，以消释心境里的紧张。过了两个半月之后，才有陆澹园的第一封信到，他说承茵一家无恙，已逃出杭州境，刻下在偏僻乡间暂避。他通过邻居亲戚的探问已和他们联络，正预备送些柴米去。

原来太尉童贯的派兵进剿部队出自京畿及西北，

也杂有番汉兵马，号称十五万人。陆澹园在主帅幕府里任清点兵马人数之职，已升作军前征信郎，有正七品之名位。而且因为他的职掌，各路将帅都免不得向他谦让三分，所以他在军书旁午之际，还能派遣属僚处理自家及好友徐承茵、李功敏一段家事。及至夏间他已将三家老小迁往余杭县西北不当正路的一个村庄里去，还预备自己一有空暇即亲往探视。

至于方腊所部之被肃清，还是由于“山东剧盗”宋江的反正。他们这一伙人被龙图阁学士知济南府的张叔夜诱至海滨决战。该处无山泽水沼可以置奇设伏。这群绿林好汉一见无计可施，也只得俯首帖耳地就降。至此他们仍不过打算暂时偃旗息鼓，来日再图大举。而这张叔夜也并非心无城府等闲之辈。他早已与各方布置妥当：宋江降后第一件任务即是往江南征方腊以期戴罪图功。初时官方还允许诸强人保存着“替天行道”的杏黄色旌旗标号，只是一登过江船只，这批人才发觉自家兄弟已是两百人一队，三百人一营的分割配属于童贯的各军中。又加以方言不同，土地习惯迥异，也无从与南方的叛军聚合，自此别无他法只得在官军中打先锋。这边方腊乌合之众，也并非真有手下的本领，而不过由于官军畏怯才致坐大。此刻听说连山东好汉都已降宋，此后还要打硬仗，也就无斗志了。

所以以毒攻毒之计奏功，不到年底方腊授首，他手下伪丞相太子等一并成擒。元宵之后承茵接到父亲亲笔信，报及一家平安，并且深赞世交陆君体贴周到，恭俭有礼。就此也夸奖儿子能识人知友。家中徐家老屋虽去城垣不远，幸未遭兵燹，他和母亲妹妹打算不日回家安居，儿子可保重身体，但望多多少少寄点钱来。陆澹园的信内则说及家乡仍是疮痍满目，又免不得还要大军驻屯一个时期，他自己恐怕回京时将近年底。

此时描画汴京一事已在何叙的清净无为的宗旨下又清闲了好几个月。一到翌年二月间，作画的人员面临一项差遣，朝廷已决定派画学正陈尧臣出使契丹描画辽主阿果图像，还要在书画局里的现存人员中遴派两员同去。承茵亟想参与此场差遣。一因迩来朝廷习惯，宰执大官无不具有使辽的阅历，如蔡京、童贯、秦桧等是，因之这场经历，有益于日后的升迁。二则看来这描画汴京景物一事近时绝不见得有头绪，他希望在描画辽主图像时创出能名，替自己打开出路。三则使辽时有整备衣冠及道途行旅的津贴，他预计少也可以省下二三十千，寄与家中。至于到外国观光满足自家好奇心犹是余事了。

在描画汴京景物的十余人中承茵最以界画见称，可是谈及人物他也与同事范翰笙不相上下，显然的已在其他人之上，所以被选的呼声至高。可是揭晓之日，他和范翰笙及另一组长胡梓义全然无分。这差遣倒派与毫无特长的第四个组长祝霈和他手下的一个见习生。“这真是无才就是德了。”一般人都如此说。此亦是何叙要下的好把戏：若要无为，先必无能。如此才把祝霈等人当作干才遣派了。

徐承茵因此纳闷了数日，不过以后官场中又酝酿传出消息：朝廷派遣画官使辽，用心复杂，表面上此举原为敦睦于友邦，实际上则觊觎对方，准备挑衅。原来皇上已接得童贯密奏，说是现下国力充沛，人口鼎盛，而内部依然叛乱频仍，乃是多余的力量没有发挥到建功立业的方向去。他主张联金灭辽，向北拓土，也完满太祖践祚以来的心愿。描画契丹酋首之相，可以证实辽国国运当亡。所以这画像的工作已预伏了一个只可坏不能好的先决条件。但是在辽主面前却仍要恭维将就，所以此使命可能两头都不得讨好。画学正陈尧臣也并不是毫无心计，他要书画局参派随员，甚可以成则一己居功，败则委过于副贰。所以落选没有派作他的助手，又未为非福。

三月间开封府经历到最后一场风雪之后天气转暖。画学正何叙尸位素餐已近一年，也在书画局里白喝了十二个月的高粱酒，最后却仍是悄然去职。他因通真灵达而来，也因灵达未能通真而去。那林灵素自去夏数次祈雨和解释天象欠灵，还不知检点。他在修造皇城时指划着拆毁民房，激起群众殴打，幸亏望火楼上的军士救护方才脱险，近日又与人在街上争道。这次他所冒犯的乃是当今皇太子。至此皇上不能再加容忍，于是圣旨一下，此人褫夺各种官衔职位，仍押解回原籍交地方官看管。他所推荐的官员也一律去职，画学正何叙在内。

何叙去后遗职一直未派员接替，如是又及四旬，最后翰林院奉旨此描画汴京一事暂为缓置，各员仍依沿革背景另派工作。徐承茵因曾习《左传》，派赴国子监。此事使他空喜欢一场：他满以为像李功敏一样从此进入正途，报到之后方发现新职并非助教等类工作，而系监内附属书艺局印制《新五代史》，他派任校对。

书艺局与书画局名目上只有一字不同，性质上却有绝大的差别。它的主要工作为翻印九经十七史，并装订成书，有如工厂，地处在城南新宋门附近，去沁园里有三里半之遥。承茵每日朝晚跋涉，不免觉得劳苦。可是如要搬家，则新宋门地近汴河，夏间蚊蚋最是厉害，他也舍不得卢家宅院厅房的舒适。如果懒得步行，亦可以雇得街头出赁的马匹，有赶马的小孩子随着奔跑。但是即价廉也少不得每趟一百二十文，又非每日每次之常计。还有则是脱离了画局，傔从陈进忠回局，书局无此差派，承茵尚得自雇女佣人洗衣煮饭，并且再也领不到街头写生的津贴，而杭州家里又待寄钱过去，他手头拮据，也更感得志气消沉了。

这校对的工作因活字版而产生。活字乃新近创制，印书时不雕刻每页的整版，而是先将所有应用之字分别用瓷泥焙干制成，所以第一页印就，字盘拆散，各字可以重用，有如“子曰学而时习之”内中之“子曰”二字拆版后即可以用在第二页之“子曰巧言令色鲜矣仁”的抬头两字处了。及至第三页，句文内有“行有余力，则以学文”，则当中之“学”字也摊上一次重用的机会。照道理讲，此办法节省人力物力。只是排字之人，读书有限，常将句法排错，字句脱落，尤其“巧言令色”之“令”，经常排成“巧言今色”之“今”，若非校对在校样上用红笔勾出更正，书版差误，贻害读书之士子。此项校对工作责任既重，本身却又单调重复。有人以为与校书郎之“校书”相比，此间有霄壤之别。校书郎稽考古籍，与兰台令史同官阶；校对虽胼手胝足不得望其项背。

每值夏日午后天气炎热，徐承茵工作时，要是全副衣冠，则少不得汗流浃背。若要解衣宽带，又被蚊虫咬得体无完肤。他又免不得自怨自艾，嘴里说：“这种干活与我曾读《左传》有何相干？任何蒙生只要不把‘左传’读为‘右传’也就大可胜任愉快了。”

可是他在这边独自埋怨，朝廷联金灭辽的政策则日有进展。陈尧臣一行早已返京复命，所画辽主延禧小名阿果的肖像果然是上斜下短，日月无光，主契丹国运将尽，所以攻辽的计划势在必行。不过其名目不称“攻辽”而谓之“图燕”，取《孟子》“齐人伐燕，以万乘之国伐万乘之国，五旬取之”之意。统帅童贯也加“河北、河东宣抚使”之头衔。太师蔡京之长子蔡攸则为副使。当徐承茵挥汗工作之际，开封城内的街闻巷议离不开下述的军事行动：

“今日汴河又来了十只大船，每船都载着南方调回的兵马。”

“通津门的水果行说是买不到荆州的沙梨了，因为南来的船只都载满军需器械。”

“我不相信，这完全是奸商闭户居奇的一派胡言。既有这么多的兵船，那军官军士不会营私载运吗？”

正在这期间，书艺局流出的传闻成为确信。国子监检验用活字所印《新五代史》样纸后认为不如以前之雕版，此批书籍印完后即不再加印，以后仍用库藏之木版，校对一职也就此裁免。徐承茵苦笑着说：

"我一到哪里，哪里就关门倒台，闭户歇业。命既如此，我也用不着为此事伤神着虑了。"

转瞬夏尽秋来，有一日承茵将最后一批样稿发付之际，局里傔从呈上一封来信，说是传自军邮。拆开一看，上款书"承茵姻兄雅鉴"。他还以为作书人陆澹园酒后糊涂将因误作茵重写，又添女旁，可是再一看出，落款又称"愚姻弟澹园叩"。那就是了，他自己既与徐家并无婚媾，则澹园必已与小妹苏青成婚，至少也已定亲。他不免疑惑：何以家中如此要事，他做兄长的事前全未与闻？他父亲前月尚要他寄钱回家，又如何办得起奁具？照道理讲，他小妹嫁给这样一位夫君，至可欣慰。陆澹园首先支持他应考，近日又照顾他的双亲，倚之为妹夫，正可替自己分劳，也算正中下怀。只是事前令他蒙在鼓里令人费解。他想来想去，却忘却了澹园信中要旨。他说明奉命北行，可能提早在重阳节后返京，看来也是参加童贯大军之"图燕"。

次日又有学长李功敏来局小叙。他向承茵道喜，顺便也替陆澹园解释：他澹园与令妹一见钟情。只以刚替伯父母办些小事即遽尔求婚又未免过于鲁莽。尚在犹豫时忽然接到命令，收束江南业务，整备北上，才只得尽快央媒说项。好在两家父母已在患难之中朝夕过从，至此也算世交，于是一说即就，水到渠成。目下尽早订婚，一俟北事底定后迎娶。至于奁具一事他也明知岳父母在兵荒马乱之中为难，姻兄承茵也不必记挂。他澹园为着两家体面已悄悄地向泰山送去一笔钱，所以各物送至陆家时看来并不菲薄。他还曾笑着说："如果承茵一定要坚持，算他欠我一笔好了。看来他的书画迟早必成名家。他日大笔一挥，人物也好，山水也好，一纸千金，归还此戋戋借垫，就绰有余裕了。"

徐承茵只得假装笑着，姻兄还不知道他已从书画局至书艺局又为校对，至今校对之职务亦将不保。他口里说及一切听天由命自己毫无牵挂，实际上则记挂至深。

又过了两天，他在书画局里的傔从陈进忠看来仍是傻头傻脑，却也能在左询右探之间找到他自己的校对几案。他说及翰林学士张择端现占用前主持何叙之公事房，有要事与大爷商量，大爷可要火速前去。

第七章

陆澹园初说年底返京，次说可能提前至重阳前后，实际他在中秋节后三日已返回开封府。可是他要到审计院复命，并向其他有关衙门关节照应。又隔五日后才与好友李功敏及姻兄徐承茵把晤重聚。刘家缕肉羹店的小二见老主顾久别重来不免分外殷勤。陆澹园已由南带来送两人石榴、沙梨各一小篓，丝鞋一双，吴绫袜二对，建阳小纱一段；姻兄外加窄棉袍一袭。徐李两人还说是为陆洗尘，可澹园已预先申明：今晚花费全在他身上。他做主叫菜，桌上海陆珍品毕陈，徐承茵也不能完全忆及其品目名数。

承茵此时已不能完全抑住胸头喜气：一来听得家乡父母无恙，又招上了这样一位好女婿，功名顺利，举止阔绰慷慨。而他自己也有好消息见告。要是三人重聚提早两月，他不免感到杌陧。回想当日他们三人来京应考，转瞬将近四年。李功敏为国子监助教，早已进入正途；陆澹园以京职外放，也做得一帆风顺，不日参与太尉北上“图燕”，更只有愈加飞黄腾达；他自己则首先画茶壶，次之进船厂，甚至改行做排字印书的校对，又几乎连做校对之事也做不成了，幸亏天无绝人之路。那日傔从陈进忠，唤他见得翰林学士张择端。此人也算正牌出身，毫无刘凯堂及何叙的闲杂习气。他首先即申明：他以翰林院的官职，将此描画汴京景物的图像画成交卷，不再延拖，只对当今天子负责，也不用主持等名号，手下的组长见习一概革去不用。他只要两员带画学谕衔的助手，将各人存积的街头景物之画稿清出整理，作画卷的基本资料，以后还供他自己询商继续设计。他问及承茵愿否做他的助手。徐承茵忖想：我若是能派得上这种差使，也是有幸了。还问我愿不愿意，这是何等话语？于是一说便就。第二日又已决定另一位助手即是范翰笙。至此徐承茵才真正感觉学有所用。并且他去当今圣上之间只有张翰林一人，因之他在御前见用的机缘已非空中楼阁了。

只是专注着自家愿讲愿听之事而不及旁人之啰唆乃人之常情。当陆澹园提及三家老小去方腊叛徒进犯杭州之日，真是千钧一发。他指着李功敏说：“人家说，小乱进城，大乱逃乡。功敏兄，你家在这种情形之下还向杭州城里钻去，真是失算之极！要不是被城中逃出的人潮向西北方向一推，把你一家也冲至积溪河去，我们恐怕踏破铁鞋也无法寻觅了。”

李功敏点头认是。陆澹园又一手指着承茵：“你家里还有这个姓罗的仆人——”

承茵回说：“我们称他罗老相，已跟随家父多年。”陆澹园又将杯中之酒一饮而尽，才半像讥讽半像责备地说出：“他一直问我是不是招赘的做徐家女婿。”

徐承茵只好解说：“他大概见到你对家父母这样殷勤周到。”

本来将这些家事交代之后，承茵很想趁着机会告诉李、陆两人，汴京景物画卷之进展。这画卷已定名为《清明上河图》，取其“清明在躬”之意，只表示城中一种意态，并不一定所画限于清明节那天的情事。所选资料也只有混杂的代表性质，并非一街一巷的据实写出。翰林学士张择端还有一种独出心裁的创意：他准备在画卷之右端画旭日方升，乡人贩菜进城。卷之中端也是日在正天。卷之左端方是午后黄昏薄暮。可是他刚说及：“你不是关心我们画卷的名称吗？现在我们已决定称之为《清明上河图》——”还待继续解释，陆澹园已不经意地回答：“是吗？”仍将话题扳回到徐家罗姓仆人，承茵所说的“罗老相”。

"他还不相信——这个家伙——他还在问我是否准备做徐家的赘婿。"

徐承茵找不到更好的开说。幸亏此时李功敏另外打开话题。"澹园兄,"他问及,"你曾亲眼看见过宋江等人没有?"

陆澹园用手指在自家脖子上一划,口里说:"你们两位仁兄,真是书生的见解!像宋江、卢俊义等绿林豪杰,让他们去自存自大,那未免太理想了。我不知道当局对他们如何处置。总之这班匪人,总以早日解决为得计。他们亲自带兵去征方腊,这是官方发送出来的消息。说不定明天还要说他们请缨征辽呢!是他们真的要去,还是他们的孤魂怨魄要去,那我就不得其详了。这些草寇手下的喽啰——倒真有用处,只要处理得好,当中确有不少仗义轻生的好汉子,可以为朝廷出力。假使重用他们的首脑,任之为指挥使,让他们打先锋——那就未免太行险侥幸了。"

看到徐、李两人面面相觑,茫然若有所失,他将各人酒杯再度注满,才徐徐地说出:"你们总以为两军交锋,主将出阵,红白分明。这边是红盔赭甲,又是枣色旌旗,骑的也是一匹赤兔马。那边则是白盔银铠,使的是梨花枪,素缨玉带,坐骑又唤作'一片雪'——对不起得很,不要怪我煞风景——这种情景只在戏台上出现，不见于实地战场。”

李功敏仍保持着他的姿态，发问时眼不见对方，只是有声无色像背书一样地问及：“那实地战场的情景又怎样的呢？”

陆澹园抿了一口酒才开始回答：“两军相接，各摆阵形，争夺高地，各据要津，彼此派出巡逻斥候，窥探对方的虚实——这叫作打硬仗。这种情形不是没有；但是此不过十之一二。其他情形只要读‘孟子见梁惠王’便见知晓。”

什么是“孟子见梁惠王”呢？徐承茵尚在纳闷。到底李功敏是国子监助教，此时他抬头朗诵：“填然鼓之，兵刃既接，弃甲曳兵而走。或百步而后止，或五十步而后止。”

陆澹园开颜一笑，就此解释此说非虚：“夫战者气也。在十之九场合之下打仗就是打士气，只要先声夺人，不是敌方先溃，就是我师败绩，兵败如山倒。”

又下过一场菜之后，军前征信郎陆澹园继续开导学长国子监助教李功敏和姻兄画学谕徐承茵。人家说方腊起自花石纲。这全是一派胡言！凡是造反总要找出一个名目作借口。于今采花石纲扰民也成为了江南草寇逞凶的凭借。好在童太尉已挺身而出替皇上草罪己诏，使匪徒无口可借，无隙可乘。即此这场事变也因之剿平。朝廷次一步的工作则是图辽——趁着削平内乱的气势尚在。

辽之可图也从他们内奸迭出的情形即可看出。比如说，先有马植。此人世代都在契丹朝中做大官，不久之前他自动来东京献策约金攻辽，对大宋讲亦即是远交近攻。那马植向来以契丹之巨姓还要策划攻辽呢？然而他的祖先并非姓马，而实为唐末藩镇之后裔，所以当今天子替他改名为李良嗣，取其恢复为唐朝后人之意。及至他渡海见金主，攻辽复燕之计定，圣上嘉纳，又赐他国姓，所以现名为赵良嗣。辽国还有一个重要的内奸则为上将军郭药师。此人在辽东掌兵八千，但经他私下召募带甲之士即逾三十万。此人已与童太尉密约，他举足轻重，一日公开降宋，辽国可以立得。不过这些都是军机秘密，两兄只可意会，还要守口如瓶，不可外传。

其实这些传闻徐承茵在东京也不知听及多少次了，只不知是真是假。看来则是姻弟少年得志，各事经他解说无不头头是道。直到李功敏问及他自己清点兵马人数时有何心得，他倒放下酒杯，略现踌躇，口里则说："一言难尽。"

照他的解释：战与不战大军永远在流动状态之中。即是今日江南底定，不时仍有方腊残部归降，朝廷为着羁縻之计仍不得不予他们点名发饷，可是内中也有降后之逃兵逃官。徐承茵也可以想见此中情形：近日由南调北的兵马已不入东京，只从距京十里处上陆转道北去。一说南兵不守纪律，买物不给时价，恐怕进得城来有碍观瞻；一说太尉童贯虚报兵马人数，不愿在都城人士之前露出实况。

徐承茵多时希望姻弟来京可以抵掌作长夜谈。至此一顿饭之后不免失望。一方面看来陆澹园慷慨直言的形貌依稀如旧，另一方面则显有新来的隔阂。他也不知不和谐的地方究竟在何处。

饭后各人净手毕，陆澹园又亲往缕肉店账房与刘老板应酬一番。李功敏趁此告诉徐承茵今晚他们三人还要到相国寺附近的南曲过夜，一切由陆澹园担负。承茵兄绝不能在此时推却。只此一次，如果承茵兄见外时则不仅在学友之间，尚且在姻兄弟间从此生出嫌隙。李功敏尚且自身作法的解释：他也是有家之人，但是偶尔风流也不过逢场作戏，他就直告家人，也不伤夫妇情感。至于澹园带来之礼物，更无用担心，他去见刘老板即顺便请他派人将各物送至两人住处。

此时使徐承茵更感为难的则是他们所逛的高级妓馆楼家，坐落相国寺东门后街南曲，内中最出色的姊妹则为楼华月，亦即三年半前与他一夜同宿缘分未尽之华月。那次不久之后她被转卖给楼家。她不仅容颜出众又有了楼华月这样响亮的名字，刻下已为东京名姝之一。陆澹园回京后只说公事怕迫，五天之内倒有三夜宿在她的香巢里。屈指算来她已在十七十八岁之交，也是妙曼的年华了。

大凡男女间之事，最是要得专心。如果两方存着一片痴心，将人世间任何纵横曲直，全部置之度外，也不分你我，则灵肉相通，身心如一，彼此同进入海上仙山的神妙境界。若是当中有任何阻隔，有如听到不悦耳的声音，闻及不愿入鼻的味觉，则此类事物立即将当事人打归尘世，此时一个人骑驾在另一人身躯之上，不仅猥亵，而且尴尬。

徐承茵已两次逢到这情景上了。他到楼家去原为着好友与姻弟的逼迫。同时也因为陆澹园患难之交，近日尚照顾自己的父母，只是不得不去。一到该处果然见及华月容光焕发，亭亭玉立，毫无三年前羞涩委曲受屈的情态。她一见陆澹园即像小鸟依人样地倒将他怀里去，对他则只点头认可。

此时承茵不免在嫉妒之中掺杂着许多无名的情绪。再因着澹园更觉得对不起自家的小妹。他的妹夫尚未成亲即有这样的外欢，则他日徐苏青的空闺独守也可想象了。

他们安排着接奉他的姊妹名楼花枝，显然地取自“楼上花枝笑独眠”之句。她的面貌与身躯也都和名称相称，可能令一般男士倾倒。此时香巢内无不悦眼目的事物。如果没有几件分心之事，徐承茵甚可能与她倾情尽欢。不幸花枝又因着她自己对楼华月的嫉妒做了勾栏之人不应做之事，在顾客前议论自家姊妹之长短。看来她尚不知徐、陆两家的姻亲关系。此时她信口说出：“她见着你的朋友这位陆财主还只三天，就叫嚷着他会替她赎身。”接着更加评论：“她一面忙着不停地嚷着说赎身从良；一面又见客张扬，到处卖俏，自抬身价。”

徐承茵不知如何回复，只望着床缘上的空心雕花栏杆发怔。

第八章

八月下旬逛南曲楼家之后，徐承茵立下了一段志愿：今后他不再随人摆布做自己不愿做之事。并且策励自己：有话即说，不再过度顾忌对方的反应。即是人家是近亲好友或救命恩人亦然。是不是这样他会和姻弟陆澹园发生冲突？他尚在考虑这问题时，澹园还没有论及在东京过重阳节，即已衔命随童蔡大军北行，并且此次他又未与姻兄道别，仍是由好友李功敏事后通知。

这样一来，他更可以将家事置之度外专心于画卷之事。傔从陈进忠搬回卢家宅院，也给他日常生活中感到多种方便。

他和范翰笙都对新上司张翰林学士有一种奇怪的感觉。他已是三十开外的人，可能接近四十，面上总是浮着一股笑容。他的名字不见于各年的进士题名录，也不知觉他曾在何处画学里进修；只是大家都知道他曾为苏叔党的助手，曾随苏入宫画壁，想必以书画见长，经过特别提名，贴职免试，由今上皇帝破格命入翰林院。最近又加学士衔则是因为图画汴京景物一事，以前两个主持人物声望卑微，不被人重视。今度圣上更要将这《清明上河图》及早完成，特别表示负托綦重之意。即在陆澹园经过京都待命北上之日，宫内皂子营还两度派辇轿接他翰林学士至大内供御前询问，这是前两位主持人任内没有的事。只是所询何事，张择端没有言明，徐、范二人也不便过问。

和前任不同则是张择端做事有条理。他接任两日，即向徐、范二人说及："你们画的底稿，我已经见过了。内中资料倒也十之九可用。"这样好像一切都已明朗。但是他接着又带笑说："可是内中也有十之七八不能用。"

为什么十之九可用而又有十之七八不能用呢？原来他认为各人一年多来的街头写景也算应有尽有。当中只有些结构含糊，两篇画幅之间缺乏衔接之处，需要重新考量或再度临实物订正之外，所欠资料有限，所以十之九可用。只是现存画稿之中，各纸重叠赘尤，杂乱无章，不仅不存美感，而且全幅搬出只使看画之人眼目混淆，不知作画之人立意之主旨何在。所以存稿需要大量整理淘汰，归并收束。是谓十之七八无可用。

徐承茵想着：这样才给我们一种开导。我们以前的两个上司，一个专在小处寻差觅错地找手下人的麻烦；一个在大范围内不闻不问，难怪要耽搁一年多的时间了。

张翰林又说："这图卷只一尺高，倒有二十尺长，看画的人左手执着卷轴，将画向右手处伸展过去，眼光则以相反的方向，从右向左看，所以我们务必注重画中人物的动态。我向皇上请准画卷之称为《清明上河图》，紧要的在'上河'二字。内中表现着循汴河向上游而去，有主题在。"

这时候徐承茵发问："请问学士，是不是全部画幅都摆在汴河上，而且只画汴河，不画蔡河？"

张择端回答时离不开他那种带稚气的笑容，并且毫无武断的声调。"我想不会那样的吧？"他又加着解释，"我的意思，最右端描写乡人乡绅进城，也渗上一点田野景色，使看不惯以街头巷尾作画题的人有了一段准备，然后才引入汴京。这段引导的场面有了三五尺，也就挺够了，是不是？然后沿河而行，我说汴河，以汴为主。当然内中也可以渗入蔡河景色。你们帮我将河中各种大小船只，河上的虹桥，岸上的垛房，启货运物的情形，画得他一干二净，这种场面也无过于五六尺。这两个节目加起来应不超过十尺。十尺之后我们舍船登陆。另外十尺，亦即画幅之半，留着描画京中景色，除非你们有更良好的建议。”

他说着船只和河畔情景时眼睛专注在徐承茵面上，好像已经了解，此是承茵的兴趣与特长。而承茵也想着：他随口说出“垛房”的名目，必然对东京的景物有适切的认识。

范翰笙又提出一个问题：“如果选着某条街巷作画题，是否把当中每家铺户都据实地画进去呢？”

张翰林又说：“我想不应该那样的吧？”他右手握成一拳，向左掌掌心轻轻地敲击过去，嘴里连哼着：“选择，选择——选择。”停了一会儿，他又张口：“我的名字，不就叫作张择端吗？”听到这里，徐、范二人也都笑了。

他趁着这机会再加注解：用二十尺的画幅，去描写十多里的景物，那你怎么样也得选择。何况东京的店铺，卖篦子的则一街都卖篦子，估旧衣的则一街都估旧衣。如果凡事照实写去，只会使看图的人觉得作画人只张眼，不用心。此亦即是他自己刚才说过，局里所存画稿十之九可用而十之七八无可取材的由来。

说到这里，他的脸色比较沉重：“人家都说皇上筑艮岳、凿雁池，也是当今一段大事，我们应当把当中情形画进去。我倒想问他们：这怎么可能？皇上的御制序就已提及‘取姑苏武陵明越之壤，荆楚江湘南粤之野，移枇杷橙柚荔枝之木，金娥玉羞虎耳凤尾之草……植梅万株’。接着又称‘参术杞菊黄精……禾麻菽麦黍豆粳秫……筑室若农家’。那你把这近三十种的食用本草和药用本草一一画去，我们二十尺的篇幅即已用尽了。我们都知道：艮岳雁池只不过一种笼统的称呼。即称之为万岁山的山水，也仍是概称。其实内中还有万松岭、大方沼，沼中有洲，洲上自有亭阁厅馆……”

也亏得他是翰林学士，才能把这些名色一口气地背出来，承茵想着。这样看来，所谓御制序也甚可能由他张择端首先作稿。

他也明知自己的问题只会引起无可避免的答案，只是承茵一想起旧时同事胡梓义和祝霈带着手下共六七个人花了好几个月寒暑无间的工作，至此都成废纸，他仍免不得问：“请问学士，那万岁山全部都不画了？”

张择端只默默地摇头。过了一会儿，他才恢复笑容，慢慢地说出：“最多只在画面上现出一个像楼台亭榭之一角，或许也在近旁添入三四株由江南运来的树木，约略表示与本地所产榆柳枝叶不同，这样也至矣尽矣。”

他又感受到徐承茵在旁的怏怏不快，才又补入：“承茵，你如果担心你同事们的心血，全功尽弃，付之流水，那倒用不着。他们画的当中确有不少本草的标本，其中药用部分，一待我们画卷完成，即可以移送至医学里去。内中又有米麦豆菽之类则应当供户部参考。他们必定有一个科或处，会对这资料感到兴趣。”

他尚未说完，范翰笙即已插入：“这属于户部左曹的农田案。我有一个邻居的亲戚在那里当案员，所以知道这是他们的职掌。”

当张择端说及“可不是吗”时，承茵仍在一旁忖量：当初大家都说绘图重要。有的说要从《说文解字》起首，有人说这是格物致知的根本，祝霈等人纵是不才，他们之所描画也仍是一撇一捺照着这宗旨做出，于今只落得如此下场……

范翰笙又补入：“那么大内的各宫殿，各处衙门牌坊，上清寺与相国寺也全不能收入了？”张翰林学士只是摇头，“没有篇幅。”他再度恢复了轻松的面容，却仍是坚决地说出：“皇上的旨意，这画以民间生活为主。”

经过这段观察，承茵确切体会新上司与前任不同。他声调和缓，也尽量地让下属发问，只是他答时毫不含糊，每一句答语都是一种腹案，并且各有内在的理由。既然如此，这全幅画卷只包括三大项目，亦即近郊乡野、入京河道与开封府街市。此外两府八位、画栋雕梁、番汉人马、蹴球伴射、鳌山灯海……是否经过前人描画不说，总之就不是今度作图的范围。

只是当中一点令人不解，看来这描画汴京景物一事，也和筑艮岳一样，处处都有皇上的主意。何以当中最重要的决策，不在一年之前公布，而一直要等到换了两个主持人之后，才搬出揭晓？又过了一天之后，他才领悟到，范翰笙所说非虚。这描画京城景色一事，甚难避免多人议论，而百官总是百官，只有众口纷纭，莫衷一是。而当今皇上也确是一个绝顶聪明人物，他先让各人凭空吵闹着各不干休，直等到大家都已气力用尽，才给这画卷一个水落石出的机会。这办法也仍可算作“先黄老而后六经”，在无为而治的宗旨下产生条理。

他们的工作，则是由张择端决策之下，徐、范二人，各利用过去街头写实的经验，也尽量参考现存的画稿，先作横宽不及一尺的画幅二三十幅，又免不得增减损益，加入当中纤细之处。内中也有从南向北看去和从东向西看去不同。直到几度修正，才誊缮在纸上供御览，经过圣上批可，才用蜡纸蒙在绢上去。此时另有特制之笔墨，其笔尖刚硬无比，所用之墨则烟灰木炭多于胶脂。这笔尖饱蘸墨汁之后，并不即用，而是放置一边，经过一昼夜之后，水汁已干，烟墨具在，凡它所接触先已在绢纸之上留下一段若有若无之痕迹。所以最后画在绢上的图像，都先有底稿打下了基础。

在绘图设计的过程中张择端尽量地让徐、范二人参与。他甚至让他们画着一幅与正本平行的副本。只是正本绢幅则大部都是他自己动手，以保存风格笔法的一致。只有房屋砖瓦和船上钉板等不碍大局的部分，才有时令徐承茵襄助。

初时承茵尚对着要呈御览的绢幅感到畏怯。要是一笔画歪画错如何收拾？张择端免不了在旁鼓励："怕什么？它不过是一幅黄绢！你想那朝中监察官动辄要弹劾一品大官，武臣要在百万军中取对方的上将首级，尚不畏怯。即是当年苏叔公入宫画壁，也是在众目睽视之下，说画就画，毫不犹疑！这画已有底稿，你怕什么？"至此他的笑颜再度出现："画错了也有我张择端在呀！"

他以后才告诉承茵：如果真的需要修改，也仍有办法具在。他自己即有黄色染料，与所制绢的完全一致，一度渲染上去，没有人能道出当中破绽。如果真有更重要而范围更广的修正，尚可以让文绣局的特殊

工匠在绢上抽纱。只是最重要的仍是作画人的自信。下笔前要仔细思量检点，是否用了合适的画笔，墨是否蘸得得当。这些地方可以保证不错。但是一经动笔，错就错了。任何人的手笔也不能画得像木匠引用绳壶那样笔直。而且不矫揉造作，不勉强投世俗之所好，正是画家的风格。

徐承茵随着张择端作业，确是学会了不少的技巧。有一日翰林学士唤他的助手到案前，指着他的图稿说："承茵，这沿河垛房和远处街道与流水的方向平行，正适宜于施用'三道屏风'的秘诀。任何景物都可以区分为'近距离''中距离'和'远距离'三个阶段。只是这样的划分在某些景物里非常明显，有些则互相牵扯，层次模糊罢了。处理这幅景致时你不要先以为它是没有结构的一片平板。假使我给你三道屏风，让你在各屏风上分别画出近、中、远三处事物，先说你如何将近处事物画出？"

承茵用不着仔细思索，已信口回答："两只船，一艘货船和一艘客船的左舷。"

张择端点头称是。又问："当中的屏风呢？"

"垛房进货之门和餐厅的窗户。还夹杂着好几间房舍的屋瓦。"

"远距离呢？"

“隔街的约十来家店铺，好像也有不少的桌椅和牲口。”

“这就是了！”张翰林笑着说出，“你如果将这三个段落区分得清楚，你的画面已有了合适的纵深。你再在当中加入细节，譬如旅客与送行之人道别，一株柳树，街中负贩介于这些段落之间，那你的画面就生动而又逼真了。”

过了一会儿他再问承茵：“你也是画船之能手。我要请教你，这客船与货船如何区别？”

承茵回答：“其实客船也载货，只是所载不多，所以吸水不深，可以在多处行走。货船大部分载货，舱面上也用木板铁钉钉牢，不多设窗户与透风的篷顶。我画的这艘货船业已卸货，所以它将近岸的泊船的地方腾出来。你只看它的舵叶，就知道满载之后，它的吸水必会比旁边这艘客船为深。它在河道里专行走水之深处。学士，前天我问你这画幅是专画汴河，或是汴、蔡都画，这当中实有区别。”

“可不是吗？”张择端又眉目传情地认可，“所以这幅《清明上河图》能否画好，我全靠你们两位的支持。我们三个臭皮匠，才能敌过一个诸葛亮。”说着他又露出一排雪白整齐的牙齿。

以后他们画逼近河旁的茶舍，也引用“三道屏风”

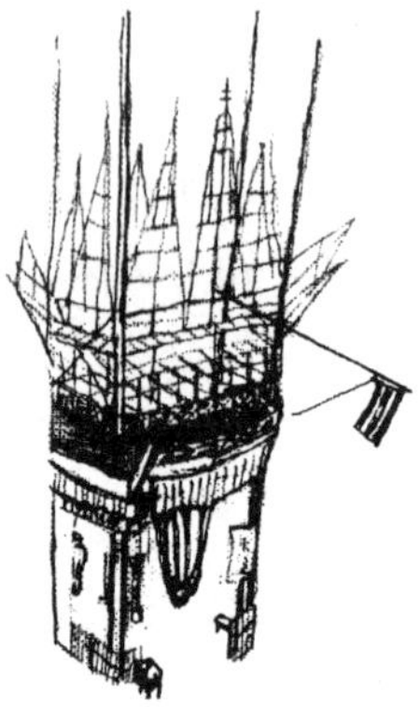

秘诀。近层画着苦力以背肩扛着盛货的布袋。河畔有一个收纳人点验布袋；还有一个经纪人坐在布袋上，用手划斥乞讨之人离去。这穷伧还存着觊觎之念，一心想收捡残留在地上的枣子。中层则描写一般传邮力役走贩经常光顾之茶店。茅屋为顶，竹篱作壁，里面也有一座泥质之火炉。距河愈远，则饭馆茶舍也愈讲究，当然这仍敌不过城市里大街闹市的酒家。远层高处则画一处亭榭，园中草木纷纭，却非本地街头之榆柳。这设计也由张择端参照着徐承茵、范翰笙二人所提供的资料归并收拾而成。当中也加入一个“打抽丰”的汉子，他索性趁着晴天在大街之上解衣扪背索蚤。

一把万年伞则暂时扔放在地上。还有一个瞎眼算命人，被人牵顾着过街。

所以此画幅不仅有了近、中、远的三种次序，也显示皇都里贫富及介于其中不上不下的三个阶层。而以张万年伞的汉子及盲眼算命人打破当中的单调。徐承茵初不以之为然。这画幅虽也略示等级之差别，可是开封府户口之内富者画栋雕梁，贫者无立锥之地。还有前些日子范翰笙提起：朝中大臣赐第，原有居民被拆屋沦为棚户，此中种种不平，专以屏风秘诀轻轻带过，未免取巧塞责。而且一角亭台，即代表宫廷与豪门之奢华，也和事实相去至远。又让他逼近河边，更是不近情景。可是到头仍被张翰林学士说得无可启齿了。

张择端解释：于今圣上要描画东京，有如《诗经》的作者之叙民情。而《诗经》之可贵则在它的含蓄。它总是乐而不淫，忧而无伤，当中也保全了一个“不为已甚”的大道理。总之君子之道忠恕而已矣。听到这里徐承茵也只好立志做君子，无法坚持为小人，因此住嘴了。

在研究考订之中，也提及视线问题。承茵记着：前任主持刘凯堂将作监出身。那将作监的匠画无标本可临，他却坚持近处事物大，远处事物小。即同样大

脚店

小品物因置放位置不同，其视线中之尺寸也生差别。例如一根柱木纵是圆径大小一致，从上向下看时上大下小；从下而向上则上小下大。张择端缓和地说出："原则上他是对的，不过这种做法只能画局部之图。在小范围内，视线才可能一成不变。"说时他以一家脚店的彩楼为例，也顺便抽出数张他自己所作草稿：如果这彩楼以这匹马屁股作基点，"虫瞻"的从下向上张望过去，则所有直线向上集中倾斜，好像他们打算在九霄云中相聚；如果升高立足点，从上而下"鸟瞰"，则这些直线又向下倾斜集中，好像要在地窖之中碰头，"但是谁有这耐性，会蹲在马臀之后一看再看的考研过去？又谁能踏上云梯，去计算这彩楼？还不怕会看得头昏眼花？"

一笑之后，这翰林学士顺便批评此类匠官之拘泥小节，即是他们能作画也画不成体系。所以，他们重要的设计全靠造成模型示范。可是问题又来了，他们更怕秘诀外扬，所造成模型也只顾得师徒互传，怪不得一种行业技巧到达了某种程度就再不能长进了。承茵听着深具同感，他自己到清江口船厂见习时，所遇正如张之解说一般无二。那清江口所造船又何止数千百艘，问来却无一纸图案可寻。匠人所作标本也不失为娇小玲珑，他想查看究竟，这些人总是托词不让他多看。

经过张择端的安排，十千脚店的彩楼各柱直立。横宽各柱也在画上一律等距离。侧面则保持四十五度的角度。如此各条柱全部在位，无一遗漏，也无暗角之间需要探询的地方。至于纵横木条接头处概用绳绑，不再钉销，则是和船桅桨舵间的情形一样：凡接头之处最怕用力过猛冲击。彩楼所承担的风力亦复如此，所用绳索即是捆绑至紧当中仍不乏空隙，可为缓冲。这些讲究处也在图上一看便知。

“按实说来，”张择端用铜镇纸压平手下三数张画稿的卷角之后继续说出，“没有人能只眼看见此彩楼的形貌正和这图一样。可是我的画却使他们的设计一览无余。以后匠人看着也可以照图施工，不致将木条木棍编排得没有条理——这也正是将作监和造作所各先生同仁们应当虚心学习的地方。”

承茵想着：这样看来，人世间之至理无从全部目睹，眼目之所及一般人以为实在，当中却还有虚浮的地方。此中蹊跷能不令人警惕。

至于脚店门前也应加入一些人物动感，则经过张、徐、范三人从长商议，最后决定以大车转运钱币最为合宜，这十千脚店既挂出“川”字旗，必有榷酤常课入官，钱陌以七百七十为一千，由军士押解也是常态，

内中为首一人背有公文袋，可算应景。至于随行军人携带武器则不画入。

在研究考订之中张择端征询徐承茵的意见多，与范翰笙的接触少。这种情形使承茵一则以喜一则以惧。他忖想张因作苏叔党的助手而发迹，而今他又为张手下之第一人，说不定在这画卷完工前后他自己还得朝见圣上，也甚可能因之而飞黄腾达。另一方面范翰笙即不算肝胆相照刎颈之交，到底也是两年来出入的同事。他深怕两人之间因着名位而生嫌隙。况且他以前评议顶头上司，被范认作慷慨直言。至此他也不愿在翰笙面前表示现在已改变初衷，竟是前倨后恭，在张翰林学士面前毫无本身表态，只有一味奉承，当他在进门时很谦恭地向范礼让："翰兄先请——"翰笙坚持不就，总回说："茵兄你先请。"嘴角里即流露着一种似是而非的微笑，令人费解。

他也曾在张翰林学士之前争议过一次。张决心在画幅上添入骆驼商队出城的场面，预计在城门瓮洞外前后出现骆驼四口，那么全队应有骆驼七八口之多。承茵遍询熟悉开封府掌故沿革人士，均不悉有骆驼商队来东京之事。他又亲往鸿胪寺和引进使司，各官员证实骆驼商队仅往陕西路，在极少情形下去西京，只有一个老吏目忆及元丰年间曾有龟兹国王用进贡名义

驱独峰驼二口来东京，此已是四十余年前的事了。承茵觉得天子既将描画汴京一事当作与修国史一般重要，则受命执事之臣僚即不应无中生有颠倒年月的将想象之中的情景描入画端。所以深愿翰林学士打消此念。只是他慷慨直言，张择端总是微笑推卸，最后被承茵逼问不已，他才轻轻道出：“此是圣上自己的主意。”

徐承茵不免感到怅惘，何以他不把圣上做主的情形提前道及，还省得自己到处打听把问？又何以他不秉着史官的节操在御前据理力争？至此他对翰林学士为人的看法不免笼罩着一层阴影。他又记起张择端笑而不言时，范翰笙面上也显着那若有若无的神情，因之更增加胸中疑窦。

可是即在此期间，大概去腊八未远，甚可能是节后三日，童太尉捷报至京，辽国业已削平。大金履行盟约割交燕京并涿、易、檀、顺、景、蓟六州。自此太祖陈桥兵变以前未遂之志，真宗在澶渊所受之耻和神宗皇帝发愤图强之誓约或已实现，或被昭雪，于是普天同庆。天子朝献景灵宫，飨太庙，祀昊天上帝于圜丘，太师太尉以下一律晋爵加官，连东京士庶闲杂人等也全部喜气洋溢。因为大宋版图伸展，户口钱粮增多，新政敷功，不仅“丰亨豫大”的办法要加紧继续进行，而且见存人户尚可得到停刑减税的好处。

正月元旦的大朝会又有大金国派来的特使庆贺，行该国国礼，副使则跪拜如汉仪，礼后天子赐宴。初六日，徐承茵之好友李功敏来告：陆澹园已因筹策之功升昭武校尉，此是五品名位，李建议他们两人合购绯色袍服一袭并滴粉缕金带为贺仪即速寄往燕京军前。徐承茵认可以后不免纳闷：澹园与自己已为贴身姻亲，为何重要消息仍一再由李功敏转达？而且李任职于国子监，也因国家“图燕”功成而升官，已自助教进为直讲。只有他自己则仍为画学谕之九品官。他也不知道国子监的训诲与王师奏捷有何关系。想来想去到头他仍只能安慰自己：看来他之不得升迁，还是顶头上司牵制。张择端为翰林学士早已躐等，无可再升。他自己与范翰笙为其部属也免不了随着受累。如此看来仍只有希望《清明上河图》及早成功，皇上嘉纳，则不怕再不加薪晋级了。

所幸这画图日有进展。以前一个没有解决的问题——一座虹桥的写真也因张翰林“更上一层楼”的秘诀，而得豁然开朗。然来此桥无水上之支柱。桥面有如一张弓背被弦线在两端紧束而固定。而虹桥之为桥连弦线亦不具在，而系桥之两端着岸处已预先向近水方向筑砌有砖石，桥之弧形梁材被嵌卡在砖石之间埋在地下。而且虹桥也并非独木桥，而是由十二根栋梁之材并合组成。这像排骨的形貌只从桥之低处向瓮洞中看去，也是远小近大，才看得清楚，河中又画有客船一艘，水手操作紧张，避免与桥冲击，更使画面看来愈为生动。

虹桥跨水逾六丈，本身宽度也达二十三四尺，桥面不仅可行车马，尚且有固定之摊贩兜售食品。如此种种则只有从上向下看去。作画之人及看图之人同样都要后退数十尺更上一层楼才能一目了然。因为观点距桥已较远，于是桥上人物远近无大差别，都在身长一寸左右。

虹桥画完，十千脚店在位，再有河中数艘船舶，画幅已逾半。以后专画街上情景，就容易着手多了。

看来一切顺利，只是刚过元宵，又发生一段周折。

张择端的街景设计已经皇上认可，当中有一处十字街头之茶店停有肩舆，内有贵妇不离肩舆，只由丫鬟供奉茶水，此场面已有底稿。忽一日张择端奉有圣旨，这丫鬟由柔福帝姬扮充，亦即要照她的相貌画入。徐承茵深不以为然。他回想当初各人曾说及朝廷提倡画学说是要从格物致知做起，曾未有如此轻佻。这幅《清明上河图》更是国家要典，换了主持人三人，也耽误了两年，又曾在题材上一而再再而三地修正，实不能令之如是的将就。

他也知道柔福帝姬是今上的爱女，御笔临画唐人熨绢时她曾钻在绢下，一时皇上兴至把她也画入图中，当日她不过三四岁，曾被称为一时佳话。可那是燕居时消遣之作，今度作画要注重国计民生，当中有极大的差别。况且当日蔡太师在政和年间根据《诗经》将各公主改称帝姬时，即已掀动民间歪曲传说，或称“国家无主”，或称“帝亦号饥”。今朝把她天潢华裔玉叶金枝画作媵婢，更不度无知小民作何话说。

徐承茵不是一件老古董。但是四年来他已学会体顺舆情，实际就要向民间智力之低下处着手用心。至此他更觉得张翰林学士有缘近接天颜务必尽忠力谏。他也记起张择端亲自对自己说及：“怕什么？”他不是曾鼓励自己学着文官之弹劾文臣，武官之取对方上将首级吗？有一日他对张说起："学士，你能不能让我在皇上之前陈情？"但是此不过激动之意，他希望自己的满腔热忱促使张择端不得不在御前慷慨直言，并没有希望他陛下真的接见九品小员，数如恒河沙的画掾书手，所以次日翰林学士告诉他今上召他自己入大内，他不免惊愕，而且他手指微颤，脚履不稳，自知口出大言，这时无法收回，到底禁不住衷心惶恐。

第九章

徐承茵初时自装镇静。不过在檐子营小轿来前他已逐渐心平气稳。本来御前忠谏是他束发受教以来的通经大义，今度有缘将学问之道身体力行又何须惶惧？想来想去他尚且深自暗笑，历来只有大臣批人主之逆鳞获罪，没有芝麻小官建言挨惩的事例。即有也会青史流芳，那又何必逃避？况且本朝自太祖立有誓约不严责诤谏之臣以来，这信条为以后继承之君所遵守。他更毋庸恐惧。其实他没有把握的：一为在御前失仪，一为在御前失言。这两件事只要事前仔细检点即不会发生。

他将衣冠再四检点，确信了无差错。至于行礼，则自杭州府保送应举之日本来就经过一段教习。最重要的是目不旁视，心中沉着，步履要有节奏。像戏台上的稳重步伐即算“趋”。不到适当适中的地点不考虑慌忙下跪。以后的动作视情形而定。总而言之一举一动都要干脆利落。如果不潦草马虎遮盖掩饰，即算行做得没有全按程序，也仍算有分寸。否则纵是按部就班如仪，行走之中若夹带着任何扭捏，也仍可能被检举或受斥责。

他又将四年以来入京赴考就学，及参与描画皇都（不称东京或汴京）景物之简历在胸中背诵了数次。当然免去了星变停学，在清江口无着落，及半途再去书艺局做校对等节。至于前任主持人刘凯堂及何叙则除非圣上垂问，他自己亦不道及。只称在张翰林指导之下，半襄助半学习，对学士已有师生之谊。今番奏事之要点，则是此《清明上河图》为皇上绍述之大事，与修史同，他胆敢越级狂渎，总是怕张翰林学士因涉及他近身之事理须回避，不得畅言，所以他代为禀奏。当然他知道皇上舐犊之情。但是此幅将传于千代。既叙盛世民情，则不宜参入宫闱各节。所以他宁可在御前失敬，不敢对皇上不忠。虽说他曾在张择端前主张应在御前据理力争，自己此番却有了一个适可而止的打算。只要小臣妄言能达天听，就已算万幸了。行与不行无可勉强，当然仍待宸断。

但是皂子营的辇夫并未将他抬入宫中。只引他进至大内里的一所官署，眼见大树合抱。里面也有数位官员及几名傔从。院子里面却一片闲静，也无人对徐承茵特别关注，一时他被一个傔从领进一间斗室之内，里面方不盈丈，虽有楠木椅几，却无其他陈设，看来也是一个候旨待命的场所。他问及傔从，才知道此是学士院之槐厅。承茵记得起来：槐厅为值班文学之臣随时准备应诏草制之处。

他独自一人至少也候了两三刻时分，又几度正襟危坐，将胸中对圣上召对的腹稿也不知道温习多少次了，才有黄门一人进内向他说及："杜公公即将驾到。"他也不知所述何人。又过了近一顿饭的时分才听到门外有接驾的声音，一堆人已簇拥到院子里面去了。等到声音平息，以前向他报信的小黄门再次传语："杜公公有请。"

至此他被领入侧面厅房，厅内有瓷质炭缸燃炽得温暖。眼见一个六十开外的老人坐在太岁椅上。他满面皱纹却无须髯。头戴青纱头巾，上缀有玳瑁，身穿一袭暖袍，初看似系黑色，其实则为深紫上有同色紧密团花。至此承茵胸中明白：此杜某必为宫中有名望之太监无疑，理应趋庭参拜。

至今犹有新来学子一意清高，以向阉人屈膝为耻，殊不知当今典重兵的童太尉贯，拜彰化军节度使的杨太傅戬，和兼领各处职局称为"隐相"的梁太尉师成也都是宦官。天下文武大员尚以能在他们面前屈一膝为荣。徐承茵也算是新来学子。幸亏他记着不正对上官三步之内不慌忙下跪各节。此时刚一犹疑，杜公公业已开口："你来，你上来，免了常礼。"承茵于是松一口气，他口称"恭敬不如从命"，只轻轻作揖，微微弯腰，那杜某也只受礼而不还拜。他让承茵直立在他面前，嘴里却已提及：

"万岁爷爷有千金三十多位，只有这位最为骄纵。老身阅历的事多，至此也不要多讲了。"他说完咳嗽，站在旁边的小黄门替他轻轻捶背。

那杜公公又继续说下去："你知道她叫万岁爷爷什么？她叫他'番番'。"说时他眼睛半开半闭，面带笑容。再加解释："她小时候唤'父皇'说不上口，听来有如'番番'。可是现在已是十六七岁的小娘子了，也还是称皇上为'番番'。万岁爷也只任她。咱们宫里也只此一位。"

徐承茵至是明白：这位老太监原来为柔福帝姬开释。他只好说："是的。"一时发现自己两手食指和中指正向大拇指搓捏，于是抑压着将双手在衣袖里伸直展平。

老太监仍是自讲自话："她马上就要来了。皇上爷爷只怕她这样一位千金，笄礼也耽搁了未行，却为了这画图一事，要见外……要见外臣。"说到这里他已经咳成一团。小黄门又替他捶背，及至痰气渐平，才能紧接上文："国朝也没有这样一个例子。万岁爷爷也害怕有不妥的地方。最怕那监察官……那监察官寻到错处，写进札子……写进札子里去。"

徐承茵仍无别话可说，只得再度回说："是的杜公公。"

杜老太监向着承茵问着，此时他眼睛顿然大开："你是？"

承茵回话："翰林院书画局权充画学谕徐承茵。"

太监仍有影像模糊的样子，站在身旁的黄门向他大声叫着："徐画学。"

"那你徐画学呀？"老太监言归正传，"万岁爷爷叫你不要向她行拜礼。没有一个小娘子笄也不笄要人罗拜的道理。只说免了吧！"

听到这里徐承茵才恍然大悟：原来张择端说皇上要他入宫，却未曾提及君臣召对，现在真相大白，他应当见的乃是柔福帝姬。他一方面如释重荷，那天颜咫尺的情形已不用记挂了，一方面更是好奇心动。只不知这老太监口中今上的千金，这位十六七岁的小娘子是何等景色。

杜太监尚有交代。他又说出："万岁爷爷说出，你叫她'殿下'就好了。如今公主也不称公主，又唤作什么‘帝姬’，什么‘帝姬’的。老身入宫五十年，服侍列朝，也从没有听到过这段办法……”说到这里他又似昏然欲睡。但正要入眠时又突然张眼：“帝姬不帝姬，她就是没有封号，可是她到底是万岁爷爷的千金。现在她们都是福字，都是福字辈。万岁爷爷要你——要你——”说时又欲吞不吐。

旁边的小黄门再提醒他：“徐学谕。”

“你徐学谕也不用拜了，万岁爷爷要你称她为‘殿下’，你称她为‘殿下’好了。我即可向万岁爷爷回禀，咱们一切按他万岁爷爷吩咐。”

徐承茵也觉得可笑。因为帝姬及笄而未笄，没有名分。召见外臣，事出创始，连皇上也不敢怠慢，才令身边近臣，前来安排仪节。也不知草制的学士，是否将此事也记入国史之中。他听着想着，倒把自己准备诤谏的一事置诸脑后了。他当场答复：“公公放心，小臣一定如圣旨吩咐，不敢怠慢。”

黄门小监又为他捶背数次，他索性就此闭目养神。一时厅内三人好像坠入古井之中。只有炉中炭火，偶然发出短脆噼啪之声。

果然柔福帝姬不待久候，她按时驾临。进门之前还听及她吩咐迎接的值班学士及随行宫女在外间等候，因为厅内有杜公公在。不时门开，杜老太监让位，帝姬也不推辞，即席坐下。徐承茵注意着她必系步行而来，头上戴有毛褐以避风尘，面上则特别的红润。随侍的小太监已另推出一把椅子，让老太监坐在帝姬之右后。柔福则脱下毛褐，只见头上一片乌云，无假髻长梳。

一切有如预行交代，她坐定之后才向徐承茵道及："免礼。"承茵仍是作揖，微弯一腰，算是鞠躬，帝姬亦以右手抵胸，头部稍稍向前，算是答礼。她突然注意承茵仍是站着，于是责问小监："怎么的哪？你不给徐画学谕推出一把椅子？"承茵谢坐，至此他才算即席对谈。杜老太监说柔福十六七岁，承茵看着似乎比所说尤尚年轻，脸上一派烂漫不受拘束状态。要不是大内召见，承茵甚可以将她视为自家小妹苏青一般看待。可是她的举止并没有甩脱宫廷内的派头，不仅黄门小监在她面前额外的俯首帖耳，连杜公公也好像一时苏醒，不再咳嗽，也不用捶背。

原来各公主不唤作帝姬之前她们的名号常带有封国之成分，如"秦国大长公主"是。即为"德庆公主"和"永庆公主"也带有宫殿的含义，虽说设想之中的"德庆宫"和"永庆宫"并未实际兴工建造。"柔福"无乃个人之美名。皇上要承茵称她"殿下"，使她有封国和带着宫殿的地位。其实她发号施令及于宫女太监，又及于值班学士，早已有此派头。

承茵尚在想着，柔福已经启口："你们的画稿我和番番都已看过了。徐画学谕只有你画的人物最为生动。张学士画的也有情趣，到底太做作。至于你的同事那位范君画的则只有一片呆板。"

徐承茵并不知道张择端已将各人画稿也一并送呈御览，又早已分别各人名色。他知道自己所作画最被赏识，免不得心头惊喜，只是仍得谦逊。他立即回说："既蒙皇上与殿下的错爱，不胜感激。只是张翰林学士是我的先生，小臣不敢和他相比。只是拙笔有些放肆而已。"

他希望以"放肆"与帝姬所谓"生动"与"做作"互相印证。

帝姬并未注意此中小节，她开门见山地说出："我要你替我画像。"说时露出脸上酒窝。

"小臣自当如命。只是指望此图像不涉及《清明上河图》。"

柔福已有微怒："你不要总是'小臣''小臣'的！我们看重你，也是你笔下毫不做作，我要你也不在我面前装傻。你早知道我要你把我画入《清明上河图》中去。那檐子前的丫鬟正是我要装扮的角色。"

杜老太监在旁听着好像预备加入对话。他将衣袖卷起，右手指伸出。只是承茵已在说着："我已恳求张学士转呈皇上，此婢女供奉茶水贱役，不当与金枝玉叶混淆在一起。"

"我的打算正要将它混淆一下。"她又淘气地说出，仍是坚持己见。

承茵本着初衷辞严面重地说出："画这幅图是圣上绍述之大事，小臣曾几次三番奉旨，所写为皇都景色，士庶生涯，将来传之后代，世世勿替。所以再三恳求御前不要令之窜改将就……"

柔福帝姬转身向杜太监说着："你看，他还是在背书给咱们听。"杜太监趁此插入，他说："徐画学，听我说的，连万岁爷爷也说可以，那你也迁就一点好了。"

承茵已知事在必行，坚拒无益，只好找一个机缘下台。他说："这圣上主意，在张学士建言之后仍是如此？"

柔福帝姬张开大眼，"难道我们还在矫传圣旨？"她又对着太监说，"你看，不是我先说的，他们做臣下的，总有他们一段说法。他们总以为自己为皇上尽忠。其实个个自持主见。尤其是上札子辩争道理：一件小事可以辩去八道十道。所以我对番番说，让我来和他当面讲道理。"

杜太监虽隐忍着仍低声咳嗽一次，他向承茵点头，证实柔福所说非虚。

其实看到帝姬和老太监各节，徐承茵早已心折。尤以柔福说他画图画得好，又在言辞之中承认他有诤谏之气节，何况她真是十六七岁的小娘子，也确是玲珑利落。如果他先有和她争辩的立场，至此也被说得无辞以对了。于是他低声下气地说："要画也要寻得一个好场所。我现在画具未备，让我构思一下，改日如何？"

帝姬开颜一笑。她说："也没有人要你一画就画，当场画出。谁也知道，那样子无法使情景自然。"她又计算着："今日十八，明日十九，后日正月二十日，你往我五姐家中去。"

"五姐家中？"承茵疑问。

"茂德帝姬宅。你也用不着记挂。他们仍会派檐子接你。"

她又嫣然一笑。老太监松一口气之后开始微咳。那黄门小监在旁如泥塑木雕般站过不少时分，此际重新活动，他用拳轻轻地替老公公捶背。

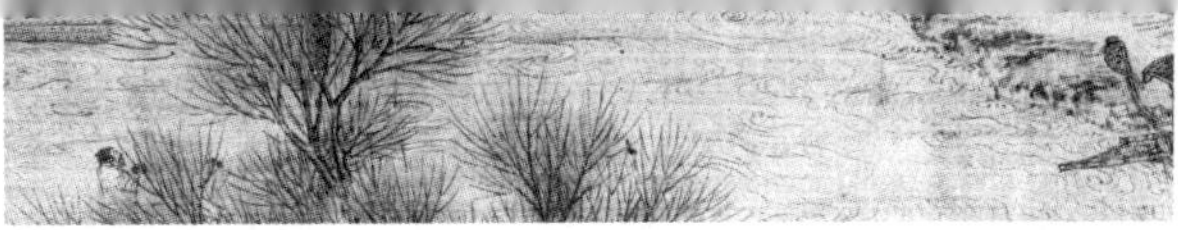

第十章

宣和七年正月二十日，驸马都尉宣和殿待制蔡鞗约定与济王杞和驸马都尉向子展同往利泽门外球场练打马球。同日宫中经过中侍大夫杜勋的安排，皂子营派檐舆接书画局权充画学谕徐承茵带有纸笔画具前往茂德帝姬宅画像。柔福帝姬并没有立时出现，承茵先由“五姐”接见。

这事去徐承茵在大内槐厅被杜勋与柔福说服将帝姬画入《清明上河图》的画幅内不过二十多个时辰。但是承茵对各事前后已多了一番考虑。他当日回局，也无待详细地解释，张翰林学士对承茵为帝姬画像全部赞同，并且丝毫没有责备他当初口出大言，临事不能贯彻初衷，不能保持画卷专叙民情的宗旨各节，他仍是保持他那副带稚气的笑容。想来同事范翰笙也无法探知他自己所作画在大内被认为呆板，他对承茵也仍是保持常态。

翌日正月十九日，承茵告假，却并未在家休憩，即乘驴车去国子监求见好友近升直讲的李功敏。原来那国学大多数学子为朝中七品以上官员功荫子孙，于是监中也为各项消息谣传汇集的渊薮。大概年轻人想望高于事实，爱发议论，也最是出言无忌。功敏只在课堂之后向几位学子前夸说，乡友徐承茵虽是画学出身，而对《左传》最有研究，已吸引人注意。当日午后他又选约了几个好作议论的学子，与承茵同去南薰门里的油饼店吃茶。功敏并无须向各人面询，他只提出《左传》所叙郑武姜卫州吁都以家中琐事化为政争各节。立时与会之中的学子即有人说及汉唐之间亦然，再之更有人道及即当今大宋又何尝不是如此。说到此处众人议论无所不讲，有如河决长堤。李功敏只在要处接引一二，将话题扭转，即达到了探询的目的。徐承茵从自己想要探询的范围内，又参对以前范翰笙对他提及各节，已能将其中种切收集成章。

当今天子虽不过四十多岁，却已御宇二十五年，他实在已倦于国政。他之自命为道君，筑青城，称无为而治，都有此类趋向。只是他左右大臣都不让他退位。因为他自称"绍述先志"，宠用蔡京，已造成一种体系。一旦皇太子嗣位，为了表彰自己的作为，也免不得更改。可是一加更改则牵动全局，俗语说"一朝天子一朝臣”，不仅影响到各人目下名位，也甚可能关系到他们的生死成败。以前的哲宗嗣神宗，由太皇太后秉政；高氏崩，哲宗亲政；哲宗崩，今上即位，初拟大公至正，消释朋党，不期年又倡绍述，都经过如此一般的转折，也都有宫妾宦官的参与左右，也都造成一种大变动。

今上既有内禅的打算，以前反对向外拓土，对内将盐泽户调一并增高的人众则麇集在皇太子门下，以期做次一步的打算，当然他们内中也免不了各人的私心异志。因之与他们对立的也造成壁垒。他们所推拥的则为皇三子郓王楷。甚至有人说郓王受“隐相”梁太尉师成的支持有“夺宗”之议。皇太子不满于新法，皇三子支持新法，照道理讲郓王应与蔡太师、童太尉等人一气相连，而其实又不然。即蔡家父子兄弟，童贯麾下将帅叔侄也仍在内部造成派别，各自貌合神离，因之局势更复杂了。

况且今上的子女又多，据说有子三十一人，女三十三人。即除了幼年殇亡的外，至今称王的至少还有二十五人，称帝姬的也有二十多位。内中最有名望的除皇太子外，无逾郓王，他不仅在政和八年廷策进士时唱名第一，又带衔实授经任各处各地十来个名称的节度使，允称文武全才。往岁提议北伐时他尚有任元帅的风声；只是有些重臣认为郓王的声望过高可能威压社稷而作罢。现今郓王任皇城提举司使，可以不待诏谕出入禁中。

皇上所最宠爱的女儿则“五姐”茂德帝姬，下嫁于蔡京之子蔡鞗。据说今上筑万寿山时已自閶阖门开设复道，直通茂德帝姬宅。那宣和殿待制蔡鞗，好像是一个不预闻朝政的驸马，平日只喜欢赛马打球。只是皇上曾微服七幸蔡宅。一般人尚以为是兴国寺桥畔的太师府，其实则为茂德帝姬宅。是以那蔡鞗也不可能对朝政全无影响。再有一个膝下承欢的则为徐承茵昨日见过，称皇上为“番番”的柔福帝姬。

本来柔福与郓王同母所生，他们的母亲王贵妃最承恩幸，一共生过三男五女。不幸她本身已于政和年间去世。那郓王既有名望即更准备以亲生姊妹在外围造为应援。于今宫中挑选驸马都要经过中书省礼房右谏议大夫和太常寺卿经手，实际上郓王楷的认可更为重要。只是亲生妹子柔福排行二十，宫中昵称“念妹”的偏不合作。她年逾十六，早已及笄而未笄，既未笄也不能言婚嫁。她既如此在她下面的诸帝姬也不能越次议婚。所以杜老太监勋称她最被万岁爷爷骄纵。

她和自家兄长不睦，却与“五姐”茂德接近。说来也令人难得相信。茂德帝姬承今上垂恩，却为崔妃所生。那崔妃生前在御前侍奉无状，被废为庶人，也许她身后皇上追悔，而特别对“五姐”见爱。因此茂德与柔福，“五姐”与“念妹”亲密逾常，并非完全没有道理。此间多少曲折，不将各方消息汇合，不能归纳其梗概。对徐承茵讲，不预先闻问，径往“五姐”家中为“念妹”画像，也可能从中产生周折而不自知。至此才领会有好友提引的妙处。

他见得茂德帝姬，却不见提及蔡鞗似乎于礼不合。于是问她：“我不知能有幸亲向驸马爷爷请安吗？”

她站了起来说着：“他呀？”面上微带愠色，“一早就和济王打马球去了。午后还要往王府暖阁沐浴饮茶，傍晚尚要饮酒听大鼓，再加一场夜宴，等到回家时免不了醺然大醉，只有倒头就睡了。”

对承茵讲，这也是一种新经验，他想不到身为帝姬，也和闺中怨妇的情形一般无二。他记着李功敏曾说及，茂德下嫁蔡鞗时，蔡太师曾请新妇免行拜见舅姑之礼，奉圣上御批不准，此事已成为本朝佳话，写入国史。其实蔡京的办法也仍是“欲取姑与”。他既知本朝以孝悌治天下，那天子即没有为着茂德是掌上明珠不令她拜见舅姑之理，所以御笔只能批着所请不准。倒只因为这一批，传闻中外，那太师更是名正言顺以家规对待媳妇；而且驸马爷爷也用不着顾虑所尚者为帝姬，即以一般丈夫对待妻子的办法加诸茂德身上了。

面对这情形，徐承茵也无法置释。他只发觉自家的两手又在衣袖里，以食指和中指与大拇指搓捏。

茂德已经坐下。承茵凝望她的面貌有如柔福的一般姣好，只是身躯丰满，有少妇模样。本来帝王之妃嫔都经过多方挑选，每代如此，母亲既如是，所生公主纵不是每个都是沉鱼落雁、闭月羞花，却很难得不容颜出众了。此刻茂德带着与柔福约略相似的笑容，她说："听说前天你和念妹顶嘴。"

承茵慌忙说："我怎么会和帝姬顶嘴！我只觉得她殿下没有纡尊降贵的必要。所以尽着本分，向她殿下规劝一二，行与不行，不是小——"至此他方记着柔福不乐意他自称"小臣"。看来茂德更是雍容大方，他不当对当前仪礼过度认真。因此稍一犹疑，即为之语塞。

幸亏茂德帝姬并未留意。她说："其实和她顶一顶嘴，也是好事。"接着又说："念妹总是爱赢。其实输赢无所谓，其要处在赢得有理。"

遇上了这样的启示，徐承茵免不了将前日之事再度提及。他说："这就是我不能理解的。她殿下为什么一定要纡尊降贵地装扮一个丫鬟？”

茂德收敛了面上的笑容。她的眼睛盯在承茵面上说着：“她不是你所说的一意纡尊降贵，她要保全她自己。”看着承茵仍是面带怀疑之色，她再加解释，内中有些情节他已在国子监听到，可是也有全未闻及的。

总之自今上即位以来，天潢蕃济。朝中已有主张应当未雨绸缪，此为百年大计。不仅皇子皇孙应受约束，即宫媛帝眷也当慎重处理。称公主为帝姬，亦为此中策划之一。唐时之安乐公主与太平公主当初都任之开府设官后为朝廷之累。这说法言之成理，殊不知其结果则适得其反。自此皇亲重臣都以操纵帝裔的婚嫁为事，那曹家既有了三位驸马，向家也要同等待遇，于今又逢上了田家与蔡家。郓王自称公允平正，却只顾及他本身利害，不想到自家姊妹终身的休戚。所以帝姬下嫁最开争夺之门。“何不将我辈标价当作奴婢出卖？”她向承茵直率地问。

难道圣上不加干预？茂德帝姬又是张大着眼睛反问承茵，“你知不知道创国之初，昭宪杜太后即向太祖提及‘为君难’吗？”国初如此，今日更难。

其实并没有难到这种程度，承茵想着，只是天子的御妻太多，迄今大内还不时收选臣下幼女为侍御，刚有名分的姬妾则为才人、美人，以上则有婉仪、婉容、修容、昭仪、婕妤，当中有些已有一品官阶，还要亲旧加恩。再上一层才轮得贤妃、德妃和贵妃。只要对付这批女人已足使圣躬踯躅了。况且今上宠郑贵妃，郑居中即知枢密院事。因他一人，就产生了许多的纠葛。那朝中公私上下左右的是非，又如何能由皇上只眼独断？徐承茵也知道近日不少的御批御笔即出自臣下之手。童贯在外已不领制而独自草诏。梁师成尚且令手下数员书吏专仿效圣上的笔迹，他们所作“御批”，虽朝中人莫辨真伪。只是各事假手于人，当中细节也只好由他们做主。国事如此，宫闱亦然。承茵深知即宸断对各事也无法全部掌握。若不如此皇上也不会令中侍大夫杜勋叫他对柔福帝姬特别地关注了。

可是此际茂德与承茵彼此都知其然而不知其所以然的，则是女子的地位，已正走向下坡。先从皇室说起：国初自杜太后强令太祖传位于太宗，立弟不立子以来，母后因立嗣而参政，实为大宋传国之特色，不料哲宗以冲年践祚，太皇太后垂帘听政，功成身故，事历三朝，只因近日党争，臣下犹敢追罪于她，请追废她为庶人。哲宗身后刘皇后虽加衔为太后，最后被逼自尽，此皆千古未有之事。再说国家之下层：民间生有女子，则随其姿质，教以艺业，备士大夫采拾娱侍，以后皇都汴京妓馆林立，最近则缠足之风气逼近上下。

“她要大家知道的，”茂德以五姐的身份为念妹表明心迹，“她宁可为丫鬟女使，一则不愿缠足，二则不能为他人的利禄而择婿就婚。”

她殿下是否可以用其他方法宣布，而避免在《清明上河图》中画像？

茂德又以眼光逼着承茵说：“还有什么其他的方法？”

徐承茵一想，她说的也是，只是别无他法。本来今上即位以来邵洵武为起居郎，他要皇上行新法，苦劝无效，最后只画了一幅《爱莫助之图》，倒因此激劝而生效了。现今凡事属仪节总是奉批“礼制局将古今沿革绘图来看”，可见得绘画仍是传布消息左右舆情的最好工具。这《清明上河图》画成只预备留置宫中供御览，但是其内容早已传遍遐迩。今度柔福以帝姬的身份在图中扮饰女使，既经皇上派重要的内臣在学士院槐厅讲出，将来也不待张扬必会流传中外。看来他徐承茵自己不仅要把帝姬的玉颜画入，还要把柔福坚持要参入的用意根据茂德所说广为传播。这事倒并不甚难。他除了向翰林学士张择端复命和向同事范翰笙说及之外，还有李功敏与国子监的好门道。只是不知道今天宣和七年正月二十日他徐承茵的一场遭遇——他只是毫无主见地被卷入——后人会认为他之所作所为是忠是奸就无法臆度了。想到这里他又以两手在衣袖子里面搓捏。

柔福帝姬进入五姐的客厅立时甩脱了毛褐斗篷，一身全是使女装饰，上身宽领紧袖，下面长裤平鞋，她将自己带来的侍婢推出室外，口里连说："这里由我侍候，大姐可到内房休憩。"那宫婢将斗篷在地上捡起，拂去了上面灰尘，即遵命退出。茂德帝姬还向她的念妹问着："外面冷吗？"柔福已先向徐承茵弯腰，带笑唱出："学谕大人万福。"

承茵慌忙还礼，可是胸中也松了一口气。看来他用不着再像在大内槐厅内的紧张，也无须再检讨帝姬与丫鬟的身份地位，这些争执已是过来之事。他将身边带来的小箱子打开，取出三张画稿。这时候他已经对着柔福面上瞟过一眼，他知道她面庞横宽，颊上有酒窝，并非出奇的艳丽，只是光彩夺目，这时候风趣横生，更显得玲珑娇小。承茵思量着他以后还有机缘对她仔细端详，刻下的要紧处应注意对五姐茂德帝姬解释——因为她还没有见过他的画稿。只是不论如何，她们姊妹二人，一个是浓妆贵妇，一个是权算朴实无华的少女，却又彼此面如凝脂，满体芬馥。徐承茵知

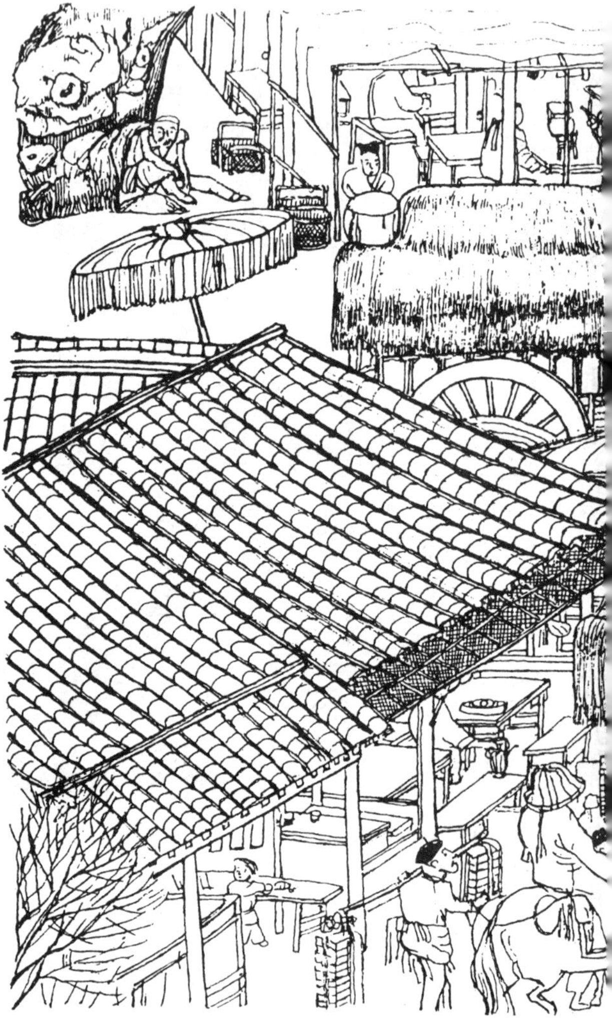

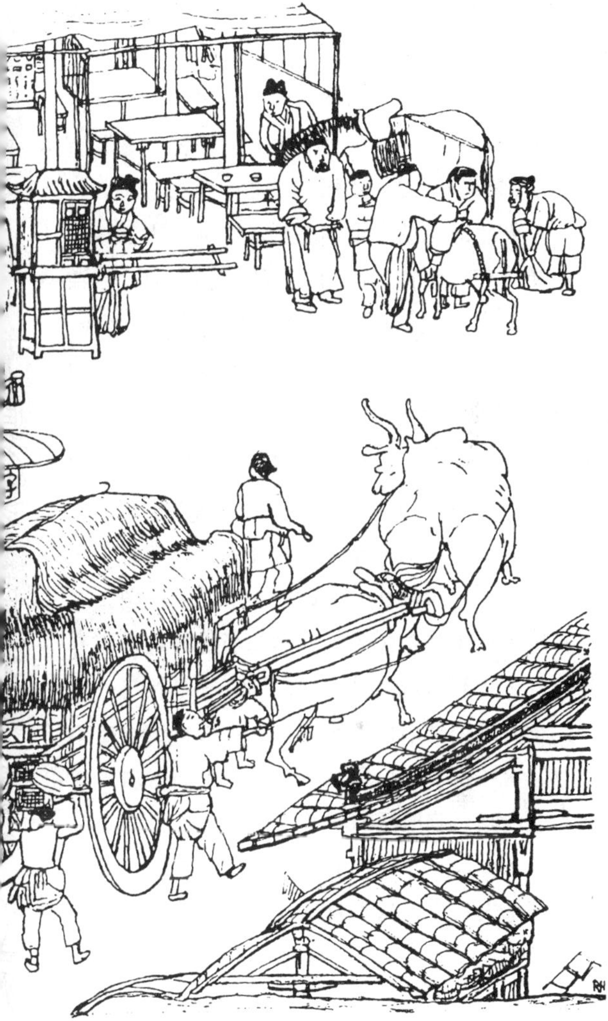

道，他务必聚精会神对画稿详细分析，若不如此，即很难自持。

张择端设计《清明上河图》时，凡平行街道谨守“三道屏风”之秘诀。遇到十字街头，却将“之”字反写。当中横行的街道，仍用“一”字横扫过去。近边直街则以四十五度的角度向右插入；远处直街约以六十度的角度向左延伸。说到这幅十字街头时，承茵特别讲明它并非完全实际景象，而是好几张写真拼成，不久之前才将盲人卖药与梓人当街修车凑成上幅，仍以竹篾凉棚构成五角形，以保持画幅之紧密。下幅则用“征人远行”为题，也利用两家茶食店作背景，他们不挂“川”字旗，当然不能卖酒。两部太平车，一部用黄牛拖拉，业已蠕蠕欲行，一部则停放街头，尚待牵出挽兽套轭。至此徐承茵解释《清明上河图》之风格不忽视平民生活之细腻处，例如当前的茶食店有傀儡戏台，也正有人说诨话，门前即有小二饮马，挑贩捻足。左边的茶食店内有小儿偷食果饵，饮客反手取壶。他又说明太平车以每日只行三十里而得名。这部车子业已在道，临时仍有遗忘之包袱一件，要从车后栅门上递入。而且车下尚有一人，检验出轭套不如法，唤起赶车人注意。这种种情形，无日不有。不过在通常状态，旁观者不及处处留神而已。

于是言归正传：这十字街心最引人注意之事须只有两处：一处有五个人物正议商一匹三尺毛驴是否能同时既载人又载货，如何安排。另一处则有贵妇在檐子内休憩，檐窗紧闭，有侍女供奉茶水。“这两幅情景确是完全据实写出，”徐承茵很沉重地道出，“我虽不敢说是不出毫厘，最低限度已尽力之所及。我们唯一修订的地方，是把原来侧面街道所见盘出摆在十字街头。”

柔福抗议说：“不对，你没有把我画进去，所以现在还得重画。”

茂德帝姬指斥她的小妹：“你这淘气的小妮子！我刚说了半天，才让徐学谕彻底了解你要将自己画入图内的缘故。你现在又来打砸！”

念妹柔福仍是满脸嬉笑。她说：“你倒用不着为他着虑。这位徐先生吗，前天也和我顶过一场嘴。可是我一看，他这个人的心肠倒是挺好的。”

承茵未曾听及旁人如是当面品评自己，这时出自帝姬之口，不免惊愕。他还想询问她殿下据何凭借，有此等判断，那柔福又在说着：“徐承茵，你想知道我如何看透你的为人，是不是？只要你不惦着我殿上殿下的，我倒可以老实告诉你。五姐也不是外人，这里是她的私人住宅。”

这一切全部出诸意料之外。徐承茵到处打听皇室内情，现在真是与天潢玉叶促膝相对，却没有一点一处与他所闻所听两相符合。况且前天皇上还差重臣叫他称帝姬为“殿下”，现在目前的帝姬则不愿认要此等称呼。他还不知道如何接着做下文，那淘气的小妮子又在开怀畅论。她说：“第一，你有好几张画稿，都现着慈悲为怀有替人打抱不平的气概，看来不像做作。第二，你的眼光良善，最低限度与三哥带来那批人有天渊之别。第三——”说及此处，她眼光低垂望着承茵的衣袖。

“那第三呢？”徐承茵催问着。

“第三，在于你的双手，你即是和人争辩时，心中一有犹疑，就让两手在袖笼中打转。”

“我还不知道竟有这般的明显，”徐承茵把双袖展开，望着自己的两手，又毫无禁忌地问着，“不过这与心肠好坏有何相干？”

“你在争论的时候稍微犹豫，就表现当中有一段顾虑。这顾虑出自‘君子之道，不为已甚，亦即是‘忠恕而已矣’。”

承茵站起来一鞠躬，口里喃喃地念着“多承谬奖”。一来他心中确有如此的感觉，一来他也学着柔福扮作丫鬟向他自己道万福的轻松状态，口内已是带笑。还是茂德在旁补加解释："我这念妹虽然淘气，倒也真是熟读诗书。可惜她不是男身，不然大可以与三哥一较身手。其实她比三哥所读书还多。凡是御书房的书籍即是笔记小说，很少没有不经她看过。"

她说的三哥无乃郓王楷，还有她提及御书房里也摆着笔记小说，也是他没有想得到的。

茂德又接着说："在我家里你就喊着她'念小姐'好了。她喜欢人家这样呼她。其实各样头衔，与被喊叫的人何干？还不是叫着喊着的人要忙着表示他们自家的身份地位？"这对徐承茵讲，也是新的启示。他又记起皇上要他自己称她为殿下，乃是要避免监察官之纠举。

于是各事齐备，画像开始。原来《清明上河图》初拟收罗各色人物四百，现下看来必将超过五百而有余。起先的宗旨那四百多人的面目姿态务必每个不同，所以个个都拟根据街头写实画出，刻下虽未必全是如此，只是幅中显要角色也还是据标本存真。柔福要替代的丫鬟在画中算是重要角色。她手执碗盏，两目低垂，却是面对街心站立。原稿确有其人，由徐承茵据实写出。现今柔福取而代之，她只将发髻放松，承茵画时画作披肩短发而已。

可是画来画去，画得总是不如意。他一来改稿也二十多幅了，要不是相貌根本不像柔福，就是缺乏她那样意态自然的神情。他越想更正自己，只有画得更糟。他生怕自己的画笔禁不起考验，更怕柔福以为他有意作对，存心画得不像。怀疑一生更只画得力不从心了。现今虽是正月时分，他已经觉得面上烫热，一会子又觉得脊背冰凉。茂德帝姬看及他的为难，于是说：“我不在旁盯着看了，让徐学谕专心画出。”她退出客厅，但是承茵的“笔伐”并未因之增进。此时他深恨自己，因为他曾未遇及或想象到此时这番的为难之处。

一会儿已是午牌时分，茂德入室，提议吃过午餐再画，承茵从命，他以侍婢递上的热巾擦过手脸，随两位帝姬步入餐室。只因为他心头记挂，也没有想及与两位公主对坐吃饭的千载奇遇，更未留心下饭的酱浸鹅掌与黄油菜心。只有柔福帝姬通常口舌锋利，始终对他画像不灵未作一词，但是这不能给他任何慰藉。

在饭座上，茂德帝姬又问及徐承茵是否已结婚订婚，他答称均未。这时候面上的红晕，也算适合了眼前情景。她们又都知道他来自杭州府，不免在话题之中提及江南景色。听她们两位讲来即是当今天子也是心向往焉。承茵巴不得暂时搁置这画像一事，即随着掺和地问入：“连圣上也喜欢南方的景色吗？”

柔福立即回答："要不然他何以筑万寿山，凿大方沼？他所不如意的即是不能把一座开封府改造为四明山水。"

承茵随着应景地问去："那为什么不御驾南巡一次呢？还是顾及百官诤谏，因为他们只在说应以宗庙社稷为重？"

这次由茂德帝姬答复："这是原因之一，可是还有另外一重阻碍。"说完她和柔福帝姬相视而笑。

看到承茵不知究竟，柔福又加注解，她简脆地道出："六宫粉黛。"

接着更有茂德的诠释："她们也和你们的百官一样，总是个个都不愿自己吃亏，你的地位升高即是我的降低。到头还是一动不如一静。"

至此承茵明白：一旦南行势必部署随行的与镇守的人众，宫中府中没有基本之差别，随着编排名目，免不得你多我寡。争端一开各人也不据理力争，而是假词借托，尚可能在提议之前已吵嚷得不堪入耳。

饭后茂德帝姬说："我回房躺一阵子，让你们年轻人完成你们的画像吧！徐学谕，失陪了。"

承茵与柔福回至客厅。他急忙整备纸笔，准备再画。柔福轻声地说："停一会儿。"

"还候什么呢？"

柔福也像五姐茂德，这时候只是张着眼睛反问他："你知道你为什么画得不好？你画人物，却还没有查看得明白应该画出的是何许人。本来也难怪你：又是公主，又称帝姬，再谓殿下。现在再加以丫鬟女使的名分。这就使你搞不清了。你也不知道就原稿修正好，还是照目下人物临画好，要是这样你就再画十天半个月，也依旧画不好。"

她这一场现身说法使承茵恍然大悟。他像释门禅宗一样，此时疑虑全失，门径大开，心想她真不失为一个秀外慧中的女子，他只要循着这想法画下去，不较其他，一定有事半功倍之效。所以对于时间，他用不着多顾虑。于是将画笔搁下，索性坐下与她畅谈：

"念小姐，你说得对。我要把你的像画得好，先要了解你，请先告诉我，宫中的家庭生活如何？"

"连个人生活都说不上，又如何谈及家庭生活？"

"那你不能说完全没有。即使不能令你满意，你也可以说不满意的在什么地方。"

"那宫里无非画栋雕梁，丹墀吻兽，你即不亲自看见，也可以想象而知，里面后妃和子女像我们一样所住的地方都谓之阁。这些阁也各有曼妙的名字，比如称为抱云、春锦、丽玉等等，可是只有名字响亮，里面所住的全是互相猜忌互相嫉妒的女人。再不然就是到处奉迎的宦官，和供人差遣的宫女。不是白香山说的，‘蓬莱宫中日月长’吗？”

“那么皇上呢？”

“番番倒是一个例外。只是你们外面人都对他不了解。你们总以为所有军国大计全由他做主，其实他一个人如何能处处顾虑得周详？他也还不是登场应卯，退朝设法找些事物自娱罢了。这样又与百官有何差别？至于自称为‘朕’，叫臣下为‘卿’，你在戏台上已经看到听到。番番常说，他贵为天子，还是没有在做端王时候快乐，他稍做分外之事即有臣下上札子诤谏。只有一点倒是真的，他在一堆女人面前被包围得动弹不得。”

“念小姐生长深宫，是受乳婢和识字的内臣教养长大，是不是？”

“是，但是也有有学问的才人妃子，她们也教我们一些。”

“只是他们所教，都不出一般规范，为什么你念小姐对世事的看法，独具只眼呢？”

“也不是什么独具只眼。五姐说得对，我倒是喜欢看书，十七史之外就喜欢翻阅稗官小说，什么《绿窗新语》，什么《烟雨传奇》……这样才知道立身处世做人，各人宗旨不同，当中又何止万别千差？柳耆卿不是就自称‘柳永无心富贵’吗？”

徐承茵至此吃惊。这小妮子，这秀外慧中的女郎，连柳耆卿的生涯也能信口道出。他只得扭转问题，接着问道：“念小姐最喜欢的诗人是谁？”

柔福不待思索地回答：“白香山。”她也回头问承茵：“你是不是也喜欢他？”

他没有直接回答，却乘兴朗吟：“间关莺语花底滑，幽咽泉流水下滩。”接着又加解释：“我们南方人不读‘见关’，而读如‘瞰关’。这更显得白诗的音节铿锵，就只这十四个字，也使人不仅见到诗中所叙，还听到背景上的声音。”

柔福同意，她再添入：“而且也令人闻到诗中清爽的味道。”

他乘兴站起来，朝着她那芳馥之气深呼吸，她解情地微笑。他已是心神荡漾，赶紧及时收敛自己，因为再要放纵，必会耽误画像了。

他提起画笔，自此随兴所至无往不利，笔下之帝姬，注视有神，唇吻微长，面颊浑圆，双手柔软。柔福虽不是国色天姿，只是一团利落明快，惹人注视引人爱慕的形象已跃然出现纸上。她自己过来看着也点头认可。

他将画具收入箱内，一面说着：“当张翰林学士将你画入正本时，我希望你让他画着全副宫装。本来你的意思无非纵是贵为公主帝姬，若不得自己做主，宁为走卒健仆，那你为什么不长裙飘带地在画面上道出，却要以这女使的装束令人揣测？”

“你说的也是，”柔福沉吟之后说出，“你就这样告诉学士好了。”

他没有它话可说，至此也只好道谢告辞。心中一想自此门墙阻隔后会无期不免望着她心头怅惘。

柔福对他说：“怎么的哪，你在想什么？”

他已经再四压抑自己，只是禁不起最后一问，她之一问，在转瞬之间把他问成一只脱缰之马。他抛弃了所有画具，两手合围放在她肩背上向着她狂吻过去，他胸中激跳，也不知受到白香山或柳耆卿的主使，也不知是帝姬扮作丫鬟还是女使冒称公主，更顾不得殿上或殿下。此时此刻唯有徐承茵与赵柔福是实是真。当前一股热流奔放全身，使他两眼蒙眬手指微颤。他的嘴唇与她的刚一接触，则更是乾坤颠倒，真假难分，只是此情此景至为短暂，他刚一忘怀，即听见门响，有人步入室内。尤其柔福用手将他推开，他记得分明，她的手抿揽着耳边短发，一面说着：“徐承茵，我以为你与一般男子不同，现在看来仍是一模一样！”

进来的却是真的丫鬟宫婢，尚且使徐承茵百思不得其解的则是当初柔福并未接受他的拥抱，而且两手推拒，当宫女替她披上毛褐时她嘴边却又涌现着一种似无实有的微笑。不过无论如何，她此时未有任何表示，则从此宫深似海后会无期，已不待研究了。所以他向张择端复命时，只说及帝姬在《清明上河图》画面出面时，可画全副宫装，他自己则感到头痛，亟望回家休憩。

三日之后，张择端告诉他画卷到此已无问题，他当独自完成，徐承茵可返杭州府原籍省亲休假。他打发了承茵，却对另一助手范翰笙并无其他差派，徐承茵想来，他至此也是不由自主，不得不去。

第十一章

当徐承茵在东水门外觅船南还的时候，他甚有铩羽而归的感觉。他原想在运粮回空的船舱板上搭地铺，只是在茶馆里遇见了这位白庆文，听他的口音应来自江州一带。他向承茵瞟了一眼，已立了心计，再听到承茵打发扛行李的陈进忠回翰林院，就上前自我介绍互通名姓。接着又提议："小弟已在前面那艘货船上包了一间房舱，里面还有空床一席。仁兄如不见外，就搬了进去，免得我俩都彼此单身寂寞如何？"

承茵还在推拒，那白庆文带笑地说："如果徐兄一定要划分界限的话，那也不难处置。你就在回空粮船的舱板上搭地铺，也少不得要付他千把两千文。即算小弟是个市侩，权且收下了老兄一千文，则彼此都不亏欠，也不伤廉，岂不比让着一张床空着的好？"

原来徐承茵被张择端翰林学士催着离京，已经是六神无主，他既不知自己犯了何种过失，也不知道三个月后，可否销假复职，正感到一身孤单，经过这白君延揽，也就随着他说的，让船夫将自己的铺盖搬进那房舱，与他为邻作南行的伙伴了。一路上白也尽力奉承，每到人烟稠密的市镇船泊河滨之际，即强邀着承茵登岸大鱼大肉地吃喝一顿。承茵既已入其圈套，也再无法摆脱。

到第三天，承茵才将这白庆文的背景打听得明白。原来他也在童太尉军中任军需之职，大概是指挥都头之类的亲戚家人。他除了自身行李之外，还带着骆驼毛三大捆，堆积在货舱之中。承茵听说过骆驼毛可以织为毛绒，多为小儿冬季鞋帽上所用，最为南方富裕人家视为珍品。可是一般都在北地织造，并无将驼毛用作原料南运的办法，可见此中尚有蹊跷。况且他又带着一个随身健仆，也像军士模样，对这包捆寸步不离，吃喝也都在舱中，使人怀疑毛绒之中尚夹带着金银等贵重物品。

果然船到宿县和泗州，两处商税务的巡检登船查验。白庆文不待来人张口，即先开口说："我们都是翰林院来的，此是徐学谕，我是他的随行伙伴。"巡检看过承茵的通行单，又瞅了白庆文一眼，也就算是尽到查验的职责了。只有泗州巡检又对包捆踢了一脚，表示认真验明此中无它。至此承茵了解：如果官方一定坚持付税，自是准备付的，货值一千抽税二十文，没有什么了不得的。他所害怕乃是包捆之中夹带私物，万一查出，三分之一入官，说不定还要查问夹带品目的由来，追究物主，那就会影响到后台老板交付给他的使命了。

只是经过白庆文一开口，将翰林院的名义一提，那些巡检也就让驼毛算作各人自用物品，总算为数不多，连应付商税也再一句不提。

谁都知道翰林院有职无权，只是衙中官员待命于中枢，交游广泛，常有职权以外的声势。如果得罪了他们，可以影响到层峰，因之商税务的人员不得不谨慎行事。这些情节，徐承茵并非全然不知。他原来也打算在回南的时候带一点物品牟利。开封府是一个消费市场，本身缺乏推销各地的物品，即是可以在南方获利的转口化妆品如枣子、内黄，也因为占的体积大，回空粮船又带得多，局外人甚难加入竞争。只是身为士子又另有门径。

过去一年多，徐承茵曾不时考虑到南归休假，对他最有利的货物，无过书籍。他曾私自筹划：以他三数年的积蓄，应可由李功敏出面买到国子监印出的九经十七史一套。即算价款稍有不敷，好友李功敏也可理应知情垫借。有了这一套书，仔细用油纸包捆，所占体积，也不出两副肩挑模样；自己随行，沿途上也不可能有意外的风险。至于各处关卡，毋庸顾虑。经史典籍为士子必需，当然属于自用，从来没有一个官员带书回家而要付税的道理。可是这珍本的经史，一至江南就可以漫天要价了。富庶而爱装门面的人家可能登门抢买，出价两倍半到三倍之间是为通常事。如此他回家孝敬父母，对邻里亲戚的馈赠都可以在书价内解决。

只是今日这场心计全部落空。首先即有李功敏的借词推托，想来也是他的鄙吝。他害怕承茵不能将书价付清，自己则不愿垫借。次之他自己行期仓促。张择端第一天劝他休假，第二天逼他休假，第三天质问他为什么还没有成行。好像他自己犯下了弥天大罪，不得不远走高飞，才能逃过了是非似的。张翰林既然从来没有对他如此地严峻，此中必有缘故，他不便质问。因之只得仓皇上路，狼狈成行，于今倒为他人的护身符，替人夹带走私。

他始终无法忘怀的，当然仍是柔福帝姬，自从那天他从蔡驸马家里出来之后就深悔自己孟浪，冒犯天潢帝裔。如果认真追究，他甚至可以被安上一个粉身碎骨的罪名。可是反面说来，他既未名正言顺地定罪，也见得柔福并未出面控告他的不敬。他和她见面虽只两次，他在她方寸之中，必定已留下深刻的印象。比如她凝望着他的时候，仿佛若有所思，嘴唇微张，随即又向下注视，好像胸中仍有来去的涟漪，连脸上酒窝也若隐若现，这不可能是毫无情谊的表现。她不顾帝姬的身份，径称他徐承茵，又随即道出他的心地与为人。谈及白居易诗中曼妙处，两人更是心心相印。她更把自己的生活与志趣，坦白地为他道出，要他忘记公主帝姬、丫鬟使女的区别，只在作画时将她赵柔福明快利落的真性格写在纸上，当她看过画像点头认可的刹那，那衷心欢悦的表情，使他胸怀中好像有经过熨帖般的舒服与快慰。

难道这样的邂逅还不算人生奇遇？她生长深宫成日与怨女妒妇为邻，见着他时却毫无顾忌地称赞他心地良善，她装着使女的身份，弯腰向他道万福，迹近挑逗。她尚且看过不少的小说传奇，所以不论她是十六或十七岁，及笄或未笄，总算情窦已开。那么为什么他向她接吻过去，她却用力推拒？她指斥他的粗鲁无礼，却又在说后带笑容？他冒上这样的大险，可见得情出至诚，她何以不再告别，让他离去？

人家都说女孩儿的性情不可捉摸，至此徐承茵不能在造次之余，再作妄念。他离开茂德帝姬宅后，被催着南行，除了一肩铺盖之外了无长物。还不知到杭州府后如何向亲戚家人关说。想到人家驸马带左卫将军衔职，也个个是公卿宰相执事的子弟，他自己则只是一个无名小官，况且家贫如洗，连父亲尚供黄门宦官使唤，不免自惭形秽。因之只有咬紧牙关，把过去这一场遭遇，当作梦寐罢了。

可是再一想到柔福一心想保全自己的独立人格，不愿为人作嫁，只是宫深似海，到头恐怕也仍和五姐茂德一样，免不得与纨绔子弟联姻，夫婿则成日饮酒打球，她则满身绮罗，只是空闺寂寞，他徐承茵则有如身处异域，爱莫能助，又禁不住心头刺疼。

往来南北的船只不是全没有风险。只是承茵听说过以前失事的多是北行满载粮船，为着急于赶日程，才多倾覆。其实过江时舟子多利用岛屿汊湾，高邮湖的东侧也凿有新河，都可以避险。唯独洪泽湖内百多里的水面无所倚托。偏逢那晚上舟子贪着刮来的西北风，张帆月夜疾行。那白庆文在床上酣声大作，徐承茵却辗转不得成眠。他披上了棉袍，戴上围巾，一个人静静地坐在船舷的一堆绳索之上。从船尾向西望去，月华如练，随着波涛闪烁。船首起伏于水面，每一上下发出冲击的节奏。他也知道，经过每一拍节自己去皇都愈远，与意中人更是关山阻绝。他却随着这艘船去家乡杭州府愈近，离家逾四载，身外无长物，家人亲戚还希望他衣锦荣归，他想来愈感情怯。也顾不得外面的风寒，他忖来想去，此时若果覆舟灭顶，也没有什么可惜的，倒免掉了一身烦恼。

他在船舷待得久了，免不了回舱房，在床上辗转反侧睡不着觉，又再度往外吹风，也不知来去多少次了。须臾天已微明。船过蒋埠，正值旭日东升，舟子上岸往附近水神庙燃香点烛谢神。白庆文缓缓起身，梳洗既毕，要承茵放弃船舱里预备的稀饭，同往岸上的面食店吃早点。承茵勉强偕往，只是一夜未眠，喉内枯哑，步履不稳，所幸神志依然猛醒。店内的烧卖、白切鸡与汤面也胡乱地吃了一顿。白庆文此时问他在翰林院任学谕管理何事。他满以为承茵在御前为达官贵人的祖先三代写诰命，受旨者希望文笔华美将特殊事故写入，必然私下润笔馈赠，不明了他何以只落得两袖清风。承茵也懒得和他开释，他无缘为达官贵人锦上添花，倒和学士张择端以一支画笔为当今天子与冢宰粉饰太平。想不到画中遇到一个侍婢，倒产生了如是此般的周折。他仅只表示刻下为学谕仍是见习官，必待皇恩浩荡，升为翰林学士，才得承旨写诰。一方面也是受他问得不耐烦了，也反问那白庆文一句："老兄既在童蔡大军之中，我们有一个同乡叫作陆澹园的，奉旨清点兵马人数，足下可也曾识见过？"

白庆文一听着那名字，立时起敬地说着："那陆昭武校尉，他的大名哪个不知？认识倒没有，我还高攀不上，只是鼎鼎大名，军中传遍上下，童太尉还要收他为侄女婿呢！”

承茵也不烦和他辩白，只暗笑陆澹园是自家的妹夫，不可能又是童家的东床快婿，可见这白某也只是胡吹瞎闯，没有将他重视的必要。

只是船近邵伯江都，那白庆文又在行囊里取出一瓶五加皮酒，即将舟中茶杯当酒杯与承茵开怀对酌。酒过三巡之后，他满脸通红，又乘兴说起："我看老兄也是一个本分之人，忠义之情见于言表。可是目前世局并非正人君子当道的时候。不要怪小弟出言无忌。在适当的时候，老兄还要替自己照顾一点为是！”承茵心想此白某捆载而归，宦囊宽阔，利用我作护身符，还要奚落我穷窘。可是正眼看去，又领会此人虽然言辞唐突，毕竟语句之中不含恶意。并且与他相处七日，看去虽非正人君子，到底举止慷慨，看来并非狐窃鼠偷之辈，也就抑制住自己心头的反感，只是问着他："于今太平盛世，太师提倡丰亨豫大，太尉在北方拓土，老兄何以一定要将这场面解释而为乱世末世，好像乾坤颠倒，真假是非不分呢？”

那白庆文一听到开疆拓土，立即将手中空杯使劲地摆放桌上。“什么开疆拓土？”他反问承茵，“得到燕京的一座空城！那女真人将城里的殷实户口扫数向海滨他们自己的地区移去，还要咱们大宋赔偿原有六州的税金，要不然就立即要向咱们交兵！”

“那金人竟有这样的厉害？”承茵吃惊地问着，“我们只听说他们兵力不逾十万，还要倚靠着童蔡大军二十万压境，才能将辽国解决呢！”

“徐兄！”那白庆文将手中空杯拿起，又用力向桌上顿然地放下。“你们京官总是自己哄自己！或者你们只知其一，不知其二！那些鞑子虏兵，弓箭马匹自备，粮秣器材就地征发，说十万人就整整齐齐的十万，不会九万九千九百！并且全部部落出身，个个骁勇善战！我们这里买空放空，抓着孱弱的算数，并且兵仗甲胄全由内地筹措，千里馈粮，十亏八九！如何能与他们相比！这是我家的张都头也是扎硬寨打死仗的英雄好汉，只是禁不起一拖再拖，左右邻军靠不住，你们文臣京官还要叙过考功！他四十还未出头，已经是意懒心灰，营里众兄弟商量，才要他在家乡买一点田产算数！”

承茵被他说得哑口无言。这白庆文将一切归咎于京官，初听来令人感到不平，可是再一忖思，自己何尝不有同感？朝廷既有旧章，又有新政，以描画汴京景物为例：先说体顺民情，据实直书，前后罗致了十来人，换了三个主持。费时两年余，今日说楼台亭阁不画；明日又说骆驼要画。一个主张舟车房舍按实际尺寸比例画；一个又主张不能完全放弃朝霞与暮霭。再一想来连他徐承茵自己也没有把这问题简化，他也主张侍婢用宫装，也为画幅生出无端是非。当白庆文再将他面前茶杯用酒注满的时候他正感踌躇，于是也不再推辞，举杯一饮而尽，只见得眼前模糊，也不知如何便倒头睡去。半夜醒来只觉得头昏脑涨，亟要呕吐。好不容易挨到天明，喝了舟子送来的滚水清茶，才觉得心胸稍为平稳。

那上午时光船过扬州，又有巡检登船，那白庆文又用翰林院的名义支吾一阵，于是这一关也轻轻带过。只是船离税务司不远，他即令舟子将船就岸，赶紧收拾行李，另雇一只舢板，唤着随从将三捆驼毛连行李运将过去。以前没有说明，他要去的乃是江南西路的浔阳府，应从仪真入江，至此向承茵告别。不知此后他如何应付关卡，只是此人长袖善舞，自有妙法，用不着为他操心。

前时没有提及的，承茵所受房舱优待也就此告终。汴淮客船只到当面闸口为止。接近瓜洲，还要另觅渡船过江。在对岸还要接洽前往杭州府的船只，看来徐承茵仍免不了在船舱板上搭地铺。

第十二章

承茵的母亲右手仍旧搓捏着糠灰，手中却停止了绩麻的工作。她那无神的眼睛也不向他注视，好像睨望着门前的桑树上，嘴内却说：“他们都不叫他徐老爷和徐相公了。连那些黄门小宦官都称他徐买办。还有些外头衙门里来的人就率性提名道姓地叫他徐德才，给他一肚子气愤。”

承茵心里明白：徐家家道式微；自己所做京官，也做得无出息；众人已渐渐不把他父亲算数了。杭州府里的宦官一方面把父亲的身份降低，也提高了向街坊索派的口气。明金局里需用的物资，经过一场使唤，已不复是出重价向各处搜购，而是明令向地方摊派了。给价既低，父亲所收佣金愈薄。或者有时还只得空手当差，两头受气。

前一天父亲还说着：“只有方腊平后一段时间——就说三个月吧——情形稍微好点。说什么要与民更始，恢复市面，买东西也当场按值付费。去年下半年来就越来越不像话……”在叙述不能连贯时，但还要用食指指节在几上扣着作响：“年底之前突然还要五千张锡箔，马上就要，限三天交货，每张还只给三十文！”

徐承茵离职返家，初时没有料及如此之久。只因翰林学士张择端叮嘱他，在没有接到他的通知之前不要北返。日复一日，他已经无可忍耐。此时严寒已过，只是春至江南，又成日缠绵上一阵细雨烟飞令人惆怅的气候。他初回时叫家人不要向外声张。不过三五日后，左右亲邻尤其徐家老屋门墙内外都已风闻他在家居。承茵既未登门到各叔伯房长处送礼问安，各人也自此猜测，他必在京中有不可告人之处。他在偶然促遇亲旧时只推说自己身体不好。各人对他端详注视，满腹狐疑。承茵无须推考，知道此时此日，自己必已成为各人私下议论的话题。

此期间他受到最大的打击，尚无过于陆澹园央派以前媒人前来关说与妹子苏青解除婚约。原来童太尉要收他为侄女婿的消息是真。承茵离家近五载，自称一事无成。这五年来唯一的收获则是交上了两个好朋友，也替自家小妹招上了一位青云直上有官阶体面的好夫婿，大家尚为着这事欣贺，不料这陆家鼠子竟敢托言上官逼迫不得不就，希望伯父母不要见忤，以前送至男家的嫁奁，包括绸缎、门帘、枕被各物，虽系由他陆澹园私下出资垫买，也顾名义得璧还，以保全两家面子。只是洞房家具则已摆用，不在分内。承茵的母亲说："既说退还嫁奁则应当全部都退，不能把床铺椅子又留下来了。来日苏青定亲不是还要用着的？"

他的父亲猛对着茶几"拍"一巴掌，唾涎四喷地说出："都是他家出钱买的，还要他退什么？只有自家女儿提过这桩婚事给人退回，从此声名不正，好失体面，将来嫁得出去嫁不出去尚待思量，好人家谁要这推来送去的嫁奁？"

这时候徐承茵只怪自己有眼无珠，才交上了这样的朋友。他陆澹园既已定亲，有何不能据实直言之处？可见得他趋炎附势，巴结着这天字第一号的宦官当侄女婿，还要说什么上官逼迫！直到道途上行人都已风闻这段婚事，只有自己徐承茵尚是闷在鼓中！他也怪当初他父母只知感恩图报，轻易将女儿许配与人也不待与自己商量。可是再一想来：去年他自己即在家信中一再提及陆澹园与他肝胆相照，最是莫逆。果真当时父母询问己见，他还不是会热心赞成，如何又可能提出异议？

这时候罗老相——他家的长工——也加入议论。

“就我看来吧，”他两眼向前逼视，好像陆澹园仍在他目光之中，“这人两眼朝天，这叫作螳螂头，又配上一双鹭鸶脚，最会到处窜蹦，要他当家做主，那是靠不住的。”

承茵瞪他一眼，表示主人家之事用不着佣仆参与。此时忽然想及去年议婚的时候，这老头子确曾问过陆澹园是否愿当东家的赘婿，或者他真个另有见解，也就至此住嘴。

他最害怕的乃是各人众口纷纭全不遮蔽，也不顾及苏青的情绪。她成日泪流满面，也不出房。万一她自寻短见，他做兄长的如何交代？一日傍晚时分他端着一碗稀饭，三片酱瓜到她房内。他还准备开释这陆澹园尚未成亲，先在东京已有勾栏内相爱的人物，本来即不是可以倚作终身的男子，妹子与他解约未为非福。只是内心有此腹稿，嘴内却讲不出来。一则他既知如此，何不早说，只到徐家毁约之后才为道出？二则他自己也和李功敏、陆澹园前去冶游过三次，至此才将逛妓之事提及，用作攻击他人的口实，岂不用心有愧？三则与陆家亲事未遂，苏青前程黯淡，他自己也看不出一个因祸得福的机缘。因之他只怔望着她床沿上的一段尚未完工的刺绣，看来可是为陆澹园所制便鞋的鞋面，因之黑缎底，两边相似对称。于是自己还待挣扎着，才能抑制住满眶泪水。

倒是苏青反来安慰他承茵。她只是说："哥哥事业为重，不要替我着急，我是命根子薄，只配念佛吃斋。哥哥好生照顾自己，娶个好嫂嫂，好生服侍双亲，那我也就放心了。"

承茵两眼望着苏青，她虽在愁苦之中，那天生姣好的容貌依然光彩未减，只是眉颦之间，好像藏隐着千丝万段的幽怨情绪。他也想不出陆澹园去年见得她时曾在话根子里提到何种恩爱，今日又何忍撒手。他听着她的口语，并无厌世轻生之意，稍为放心。可是她所说准备终身青灯伴佛，甚至可能削发为尼，又禁不住触发兄妹之间怜爱之情，觉得有如万箭穿心。原来苏青小他九岁。他自己二十七岁尚未议婚，在以功名为重的男子讲，并非完全罕见。可是妹子十七早过，逼近十八。虽说身躯刚是发育完成，早已不是常人所谓"豆蔻年华"了。只因徐家门户清寒，议婚上下不愿将就，近年又值兵荒马乱，本来已将终身大事一再延搁。现今亲事议妥之后，再被夫家推拒，反悔退婚，声名受损，真如他父亲说的以后嫁得出嫁不出尚待思量。这样看来她自谓命根单薄，也甚是可能事势如斯了。

他看到苏青，也想到曾和他有缘同床一夜却不得拈手的楼华月，更想到柔福帝姬。为什么把三个女孩子的形影纠缠在一起？她们年龄相似，颜色也相如，他徐承茵除了她们三人外，也未曾对其他类似的女孩开怀谈及你我。三人个性不同，一个是娼家女，一个是天潢帝裔，与自己妹子相提并论，也算比得不伦不类。然则她们三人都有自家命运与前程无从掌握的苦楚。可见得红颜命薄，上下皆然。对徐承茵讲，这三个女孩儿身都为自家所爱；对他也都成禁脔。四年前他曾和华月一度同眠，他自忖无从娶她为妻，也无法纳她为妾，又不忍使她受损伤，事后追悔。不久之前他在茂德第邂逅柔福，一时使性，也顾不得她金枝玉叶的身份，自作多情。现在想来，也只是率尔造次。苏青是自己小妹，当然不能作非分想，看着她而想着其他二人，也是不当。更严格地说来，连这不得胡思乱想的警惕也不当有。因为不能作禽兽行的约束，出于天性。既如此则应自然而然，现在还要提防警范，可见得自家心地已经不良了。他想来害怕，自此他看及苏青，不敢对她面庞和身围直视。

那柔福的印象也经常在他心头打转。他抵家之前，深信帝姬对自己有情。只是一般处子，情之与欲有很大的区别，两者间也有至为长远的差距。譬如一盏小麻油灯，要得将灯芯耐性挑培，才有缘化为热焰。当日在蔡驸马家时间过于仓促。可是家居数旬之后，气息消沉，他已不敢再作此想。帝姬受当今天子娇纵，不受拘束，并无对他自己额外多情的地方。况且她所见公卿将相的优秀子弟又何堪计算。当日画像时她偶尔兴起提及生平所好，这也不是对他旖旎眷恋的表现，当分别时更无牵衣难舍的情怀，自后更是音闻杳然，可见得两人纵有一面再面之缘，至此缘分已尽，还是不存妄念为是。

当日他回家时曾对父母说及，他因为在宫廷里作画与上官旨意相违，暂时停职家居，此种书画间之事，经常有之。只要少假时日仍当奉召返职。他的父母无法分辨，也只能信以为真。只有母亲加着在旁规劝："于今我们家里运道不好，你要特别留心，不要到处得罪人，尤其不能冒犯上官！"

徐承茵只说母亲放心，他自信与张翰林学士并无芥蒂。即使偶有意见参差，也可商酌，不足介怀。不过家居将近三月，尚未见及张的召唤，就不敢断定真相如何了。本来他一直以为张择端有如其名，只是一个正人君子。自有陆澹园的事故，他已开始怀疑，知道任何人都不能尽信。难道画卷功成，张只顾一己贪功，把他徐承茵派遣回籍了事？要是果真如此，总也要提及一种名目，不能这样马虎将事。他好几次想写信与范翰笙商酌，询问个究竟，或者托人往吏部查看，到底自己是否有黜降之事。则因为自己确曾造次口吻帝姬，又怕一切安排原是官方息事宁人不便张扬时的通融办法，如此倒可能因他一问，反而生出周折。因之此事也只能闷在心头无法排遣。

他越是抑郁，家中各事也更多烦恼。原来徐家老屋门前有一道围墙绕着一条小径直达西侧便门，两旁植有五株紫荆，每年春间开得紫花盈道。早年徐家父祖希望子孙世世聚居，取传说中紫荆花离不了能聚难分之意。于今人口既众，田产早已分析，或残留或转卖，围墙内的房屋，也按着风火墙而分割，各房自有庭院，只有围墙紫径尚属公产。而前年方腊之变起，官军一到，即将紫荆树砍倒，又将墙砖拆去筑作堡寨。只是如此许多的破坏，并没有借此抵挡匪寇，今日景象既非，尤不利于风水。徐家各房商议应将围墙修复，树木重栽。父亲徐德才既通庶务，公议总揽此事。可是他刚一向各房筹备收款，即发生我多你少的争执。两位婶娘还说承茵先年往京赴试也曾受得祠堂支济，于今又任京官，如此公益事，应由他家慷慨捐囊启始。承茵深恨自己带书的计划未能兑现，如果在家尚有额外的花费，来日北行盘缠尚有周折。他的母亲也说，“为什么我们的一房既出力又要出钱？自己

后院屋顶尚在漏雨且没有雇工修理，哪里还有余力去筑围墙？我早就说过：德才不应当把这事扛在自己肩上！”

而且说时又是一阵急雨，屋子后头的漏水也正一点一滴地掉进漏处放着的一只洗澡盆内。徐承茵感到无聊，只寻得书架上的一本字帖准备练字消遣。不料翻来觅去，发觉十年前读书时左右不离的一盏茶壶尚在抽屉内，只是壶嘴已砸去一半。他笔墨俱备，就乘兴将这破茶壶画在纸上。画完不觉自笑：我当日因着这茶壶而无师发蒙，以后也进得画学，做得画官，遇上不少离奇之事。可是今日穷途潦倒，铩羽归家，岂不还是这冤孽作祟？要想把这破茶壶使劲摔去，弄它个粉碎，又怕母亲见责，她老人家什么破烂物件都舍不得丢。因之他也只好将这茶壶悄悄地放回原处。

他又习得三纸大字楷书，可是看来总不如意，也仍是眼高手低。自是他又忖思：此等事到底是雕虫小技，只是一入文士之手，才借此写作大块文章，道传真伪，播弄是非，什么君子小人，良臣贼子，作陈情表，镌党人碑，一切都来了。太史公所谓“儒以文乱法，侠以武犯禁”也就始自此处。倒不如原始初民结绳记事，免去了这一套颜柳苏黄，来得爽快利落。

然则徐承茵究非偏激之士，不是柔福帝姬，还说他两手只在袖笼里打转，表现着君子不为已甚的情操吗？他自知此时此刻带着过激的想头，还是因为左右都不得如意。少年女子自怨命途不由自身支配，其实男士又何所不然？想到这里，也怪不得陆澹园要到处窜蹦，只顾着自己两眼朝天，不管人家终身低头念佛了。

他把写的字放在一边，又在纸上描画。这次所画的不是实物写真，而是从记忆之中学画龟兹国人带着骆驼进出城门的景况。他记着张择端说的，那赶骆驼的人不图急功，只顾任重道远。所以画时要把各人画得两脚着地，骆驼脚即离地也不过三数寸，才表现一种悠闲的步伐，使习画与看画的人，同样体会到培养耐性，免除急躁。

这时候雨已止了。午后阳光出现，他收拾文具，比较心地平和。又过了一个时辰，门前出现一个来人，缁帽青衣，看来颇像城里明金局的小宦官，口称有重要件须亲递徐相公。承茵还以为收件人为他的父亲，只回说他还在城里街坊办事尚未回家。那宦官又说收信人为徐学谕。这才使承茵目瞠心跳了。至此他深信发信人为张择端，个中消息无非要他返京。只待那宦官从公文袋里掏出那信封，上面一行秀丽的笔迹，写着“杭州府小西门外徐家大屋探交翰林院徐学谕承茵亲启”。所写显然与张的笔法不同，而且没有张学士署名的下款。他急忙地叫来人在堂屋内坐下，返身回到自己房中将信拆开，不待开读，他又惊又喜地猛省到这信件必来自柔福。信纸为带粉红色的梅花笺，而且满纸芳馥，显为宫中用品，上书七言绝句一首，读为：

花移月影近丹墀，
画栋萦怀几度兹。
苏堤对岸人畔柳，
也闻杼里枉相思？

此外无发件人和收信人的署名。他还不能彻底了解诗内含义，但是早已体会那公主帝姬，秀外慧中的女郎，淘气的小妮子已对他爱慕得喘不出气来。他也坐在床沿上，左手持笺，右手撑颊，眼前影色含糊，心内激跳，只觉得如醉如痴。直到母亲进房提醒他要打发来人，他才把信件纳入衣袋之中，又将抽屉内所有当十当一大小铜钱约五六百文之谱，一并赏给了送信人。那宦官连忙作揖称谢，又说：“学谕大人如有回信可在巳牌时分前送到局里，刘公公明日返京，正午开船。”承茵听着点头，嘴内却说不出话来。

那宦官送信人去后，他的母亲询问他有何消息，何以如此惊讶？他连忙解说京中人事转好，他可能在三五日内回翰林院。母亲又要求他将来信交父亲看，承茵乃推说，来笺写的是一首诗，当中含义只有收授两方明白，幸亏所解释句句是真。他不敢明言的则是他徐家退下一桩亲事，却可能另有一桩大好亲事。要是双亲真的知道其中底细，他们可要在半晚点燃香烛告祖谢神。他自己却知道他与柔福见爱是真，只是有情人是否即成眷属仍待分解。

傍晚徐德才回家，听得妻房叙告，也认真质问儿子：承茵是否在朝中参与朋党倾轧，不然何以有此等离奇的信件与匿名诗？徐承茵几乎要指天画日地立誓才能使父亲相信，一来皇上提倡“绍述”，朝中大小臣工个个奉旨，旧党绝迹，所以已无新旧之争。二来他学的是画，所画每笔逼真，也不可能加入政争。父亲听罢也无可再驳，才让儿子退去，要妻房开饭。

承茵饭后回房，左思右想，总是不解。那首七言诗也不知道给他阅看着多少次了。文句用倒装法，分明是月移花影，柳畔之人，可是要那样据实写出也就生硬呆板，兴味索然……所谓诗情画意者，有如自己这时的感觉，只是你我离别，真假不分，所以花移月影，画栋萦怀，而且苏堤对岸人畔柳，吻兽雕栏望若痴。不是这念妹曾亲口告诉他，宫中越是富丽繁华，愈是令人感到惆怅寂寞？所以她此时身在东京，神驰江南，思念着西子湖堤畔的他徐承茵，问他此时此刻是否也有同感，爱慕之情，跃然出现于芳笺之上，这一切都不难领略。

只是那“杼里”二字作何解释？出何经典？真有机杼？他徐家母亲绩麻，妹子挑针绣花，难道公主帝姬也在宫中纺纱织布？否则又称杼里相思何来？

直到深夜他才看透。原来那梅花笺上题诗用正楷写出，“杼里（裏）”两字却稍具变体。“杼”字右傍之“予”，隐约地加一小点，实为“矛”。“矛”在“木”上，实为“柔”。那“裏”字上端，点在横下，辗转作圆形，实为“畐”。下面看来似为“衣”，但是当中略去一撇实为“礻”。“礻”字带“畐”，是为福。作笺者自署真名。徐承茵再读再看，又将信笺放在鼻上，吸着当中她那芳馥的气味，口内连说：“你这淘气的小妮子！”

第十三章

这次茂德帝姬接见他的时候，没有前回的雍容大度。原来徐承茵离京的四个月内，国事业已大变。首先即有前方与女真人的决裂，童贯兵败。金军以雷霆万钧之力，席卷西南如摧枯拉朽。以前降宋的辽将郭药师，现又降金，改姓完颜氏，被派作燕京留守，于是大金国的兵力可以扫数南侵。当徐承茵所搭粮船北行经过淮河、汴河的时候，已看到南下船只满载京官家小携带箱笼家具各物，避难返乡。使他怀疑自己是否能赶得上这场国家的急难。

京中百官已造成一种风气，让当今皇帝退位，使皇太子登极，以便与金人或战或和，也同时与民更始。当然没有人敢如是率直地提出。他们的办法乃是由太学生上书示威，要求内除国贼，自太师蔡京、太尉童贯、太保领枢密院事蔡攸以下凡朱勔、王黼、梁师成等都应处斩，枭首传之四方以谢天下。这声势如此煊赫，即御前亦为之震骇。而蔡家又首当其冲。当承茵谒见帝姬的时候，驸马蔡鞗又不在家。这次倒不是与同辈偷闲打球听书，而是与兄长蔡攸、蔡翛、蔡絛等商量。数兄弟平日并不相得，到这危急的情形下方始聚首，也可以想见局势的严重了。

这次茂德没有按他的官职尊他为徐学谕，而是提名道姓地称呼他。她睁着眼睛责备他："徐承茵，你闯的祸越来越大！"

原来承茵到京五日之前午夜宫城内大火，寒香阁内烧死宫女多人。传说那晚今上巡幸阁中潘妃处，引起外间怀疑，有大逆不道之歹人起心谋害君王。而天下事又有那样的凑巧，承茵回答柔福的一首匿名诗，也是语意含糊，内中又提及"紫径"，而寒香阁前正有一座石砌牌坊上书"紫径撷英"，据说还是仁宗皇帝的手笔。这更引人猜测。即原先不信之人至此也怀疑真有纵火的阴谋了。

当徐承茵那天在杭州府家里接到柔福帝姬的情书后，急于草拟回音。他因为七言绝句过于单纯，只能容纳一方一时的情怀，不如作五言律诗可以较为含蓄；而且其骈体也更易表达你我之间来去的相思。所作诗首二句为"宦寺传鸿雁，须臾喜近狂"，只是当时接到柔福芳笺的真情。次一句"丹墀嫌月短"，乃是根据来书重复道及宫中画栋雕栏花影树声之中一片怅惘的心境。下对“紫径待暾长”，表示自己在原植紫荆的小道上徘徊，也终夜难眠，“尘音葑草塞”中之“尘音”稍带释家风味；其实乃是自身名字之谐音。她既提及苏堤对岸，而恰巧前两天他也湖上去过，看到堤边青水处现为一片葑草阻塞，而自己所感抑郁，也与此景略同。下接“虚里蕊笺香”，此“虚里”也正是来书的“杼里”。虽说“杼”字北方人读“渠”，南方人却读“虚”。南北音调之不同，已经上次见面时向她解释过。总之以她的明快利落，不难猜出你我两人的名字，已在比翼双飞。至于结句“恩情逾河岳，黾勉焉敢忘”？又是回到开门见山的写实。以她公主帝姬的身份，对他草野之人衵怀垂爱，真是恩深情重，他只有诵读着《诗经》里“黾勉同心，不宜有怒”的誓言答谢她了。如是全诗读为：

宦寺传鸿雁，
须臾喜近狂。
丹墀嫌月短，
紫径待暾长。
尘音葑草塞，
虚里蕊笺香。

恩情逾河岳，
黾勉焉敢忘？

内中五六两句不尽按作律诗应有的平仄，可被人指摘为“粘贴失严”。只是一时找不到适当的词语。他就想及：作律诗的规则不是今日回答她的要旨，紧要处还是把两人的名字嵌进去，使柔福知道她给他的哑谜已被猜破。并且时间仓促，他还是缮正赶紧送至城中明金局为是。

及至赶至局里，刘太监事忙，不能亲自见他，承茵只见得一个掌事。那信封上也不便将柔福帝姬的名字写出，只得口谕原来交信之人，照着京中转交来书的序次倒送回过去，想此诗可由宦官宫女传至柔福。结果是此信递至宫中失去线索，无人认对，倒落入皇城提举司使郓王手中，郓王职管宫掖的安全，本人在文字上也曾有一番造就，一看诗中平仄不按规律，就断定此中尚有蹊跷，莫非作夙之人故弄玄虚，阴藏暗语，那“尘音葑草塞，虚里蕊笺香”两句甚有指示纵火的可能。不然何以称要用沾有灰尘之干柴塞紧，又在当中空处用香料点燃？至此原来递信的黄门宦官也不敢出面解释了。再又因宫中失火起自“紫径撷英”的牌坊侧右，更使上下人众将这一首诗传遍内外。当日柔福在宫中听及种切，曾扑哧一笑。茂德帝姬叙述至此，徐承茵也再忍不住，也是扑哧一笑。

“这是众人生死存亡的关头，”茂德忙着指摘，“你们两小口子倒以为这是开玩笑的时候！”

承茵听得帝姬称他与柔福为两小口子，虽在指摘，而语气亲昵。又探悉情诗已将错就错地传及心爱人，已大为宽慰。他知道蔡家上下因为朝局变化，正在感到彷徨不安，乃接着劝说：“我看政局纵有变化，也不可能危及皇上姻亲。并且重臣落职也不可能遭殃。我朝太祖不是立有誓约，永不残害功臣，载在御笔藏于太庙吗？”

茂德睁着眼睛说：“你只知其一不知其二！上次我不是和你说过为君难吗？现在的百官花样也愈来愈多了。他们当然知道太祖的誓言。可是于今被谪的大员经常经过他们的签呈派作某州某处做团练副使。这团练副使的头衔一下，各人都知道被派之人失去照顾，又怕他们来日平反挟威报复，就趁着他们上任途中不在意的时候遣人杀害，那皇上又如何个个照顾？”

徐承茵听着不觉毛骨悚然。他也记着前此有两个大员被谪为团练副使先后“遇盗被害”。这比先朝功臣被指为奸党镌名勒石更胜一筹。他知道自己与柔福帝姬接近，挫折了郓王的意图。那皇子三哥一意要念妹在田家驸马或向家驸马弟兄之中择一成婚，亲上加亲以增强他本人外围的地位。念妹不肯合作，他已无可如何。而徐承茵又从中掺入，那更不可恕了。纵使郓王本人无意对他承茵下毒手，“其如麾下欲富贵何？”那提举使司里面的大小喽啰难道还要待指教才动手向他开刀？他们岂不知奉迎上意立功？况且宫中纵火案总要找出一个人犯。要是死无对证，岂不更好？这样看来自己的处境也着实危险了。幸而据茂德所说，三哥郓王也算是赞成绍述的人物与“隐相”梁师成过于接近，禁不起当前朝中内外压力，已于昨日称病请辞，遗下提举使司的职位即将由沂王樗接替；沂王为皇太子亲信，宫中称为四哥。徐承茵在这关键时返京，可谓刚逃过千钧一发的危机，不过仍旧要谨慎行事。

然则始终谨慎又如何能成就当前的因缘好合？他四个月前亲吻帝姬所冒大险，那柔福的“杼里”情诗，自己的南北奔波都让之全功尽弃？想到这里他也顾不得当今天子与太师到底是为君难或是为臣不易了，口内只说：“好姊姊，你务必成全我们两个！”

那茂德帝姬满面晕红，正色地说：“徐承茵，你也要识本分！谁是你的姊姊？你是翰林院书画局里的学谕，我是蔡家媳妇，你不要糊里糊涂地道说，小人无知再加渲染，更传说得不成体统！”

徐承茵一口气地说着："好姊姊，我别无他法，已顾不得了。你看得这两首诗，就知道当中底蕴说得全无遮盖的话，我们这桩亲事不成，纵是你给念妹招上一位盖世无双的驸马，她也还是抑郁着抱憾终天。所以我已顾不得当前的好夙是非。就是仁义道德、伦理纲常也顾不得了。你如果再不见助，我就跪在你跟前再不起身！"

不知究是当前承茵所说感动了她还是威胁吓住了她，帝姬向左右瞟过一眼然后改口说："你们两个人也真不是冤家不对头了。"她沉吟了一会儿，才慢慢地说着："你不是说过张学士那张图画要是给你做主的话，你可能有一段增进？"

徐承茵想着这不可能完全是题外之言，他只仿佛记得上次见她时可能在无意之中曾有类似的表示，总之现在已无可推托。他只好说："这是一种不同的作风。我们的看法，这汴京景色的图片，既是当今天子与太师施政的一种文献，就应当不止制为画轴专在大内供御览。何不画他一尺半见高，两尺或三尺为一幅，画他过七八幅或十来幅，即称之为'汴京盛世八景'或'宣和皇都十景'？一则连缀地挂在翰林院供众人观摩仰慕。一则各幅自有其题材，也有其固定不变的观点，免得一座桥梁既要钻进瓮洞里朝上看，又要登楼向下俯视。”

茂德将手摆在下颚，好像在欣赏徐承茵所叙汴京八景。口内说着：“如果皇上照你的意思，真画这汴京八景，你可能画得出来？”还不待承茵作答接着又问：“当中的紧要处，你能不能在三四个月之内画完交卷？”

承茵仍是不明这与他自己想和柔福成亲有何关系，于是帝姬解说：“皇上即是要内禅也不能在年中行礼，大概总要在腊月发出公告，元旦改元。现在端午已过，如果你的画能在三四个月之内画好，众人称羡，还来得及由他用贴职免试的办法，升你为翰林学士。那样子你和念妹定亲，中书省和太常寺才没有话说。只是事不宜迟。你自己有把握与否？”

听到这里徐承茵已是汗流浃背。茂德所说包括着千丝万缕的机缘，可能立即决定自家的婚姻与功名及今后的身份地位，也波及他的父母家人亲旧和翰林院书画局的上官朋友同事，说不定尚与当今政府和以后大局攸关。他去蔡驸马家之前，从未将这些可能的发展琢磨过。他还只一心瞻念着柔福明快利落的双眼，令人心怀荡漾的颊上酒窝和柔嫩的小手。也只因她在梅花笺上所写“也闻杼里枉相思”的一句，使他立即返京，在喘息未定之际，又立即求见五姐。不料五姐茂德这一问使他手足无措。他刚才还说不顾礼义廉耻、伦理纲常，那不过是表示决心的意思。究竟今后局面如何打开，如何对付那牵引上的千万条机缘，不免想来令人心慌。突然之间他好像处身于万马奔腾之前。况且内中的因素尚不容他考究整理分析。所以徐承茵胸中已失去了条理，他无从作有效的思维。他的两耳嗡嗡作响，这时候他只见得茂德帝姬盯着双眼望他，候他立刻作答。

他喃喃地回答："我当尽力之所能。"说来这话出自自己嘴边，听来都像旁人所说。

茂德又再催劝他猛醒："这一套尽力之所及仍是不够！你要说确有把握你能独当一面地做主，保证在四个月之内画妥，而且画的也比那张择端画得好，这事情才有着落，否则就吹了。我们不能轻易地在皇上面前关说，难道你还不知道他要和多少人接头，而且这是什么时候！"

他又喃喃地保证："我有把握。"这四个字仍像他人所说，其声音仍在他自己的身边打转。

第十四章

不出十个时辰之后，徐承茵还要到茂德帝姬处请她不要向天子启奏，提出汴京八景或十景的名目，推荐他自己做主持。这事乍看好像突然，其实则无可避免。

他从蔡驸马邸回家后，又将卢家宅院厅房整理了一番，也将带来的衣物稍作清理，到午后才漫步到书画局里去，只见得张择端在他公事房内，将所画《清明上河图》卷在两张缫车上，绷紧着可以左右辗转。看来画幅已大功告成，他这时不过检阅全卷，在细处不甚完善的地方用五号及特六号画笔点缀修饰一二。范翰笙则正在准备着画笔及藤黄在旁襄助，尤其注意及蘸墨之多少浓淡。及至承茵进室，张并无特别惊讶的样子。他只抬头不甚关切地说着："你看，这个人在家里待不住，已经回来了。"翰笙则微笑点头示意。那张择端又站起来向展开在面前的画幅左右歪着眼顾盼一次，然后才向范说：“翰笙，我看这样子我们可以去收摊子了，明日再来。”当范翰笙将笔洗去余墨置放原处时他又加吩咐：“你出去时可向院里的司务说明：徐学谕业已回京，他的仆从陈进忠可即回到宅院子里服侍。承茵应有的月俸和禄米，也要他们先结算好。”这时候范翰笙告辞，室内只有承茵和翰林学士两人。张择端并无对他自己任何嫉视及任何不愉快的表现。

当初承茵被张学士放遣回家总以为自己侵犯帝姬一事见发被问，所以快快离京，也无从张说。及至接到柔福短简，再又见到茂德，知道宫中并未对他冒昧亲吻一事提出追究。纵是郓王可能对自己不满，也没有向书画局质询的表示。所以他之被遣全部出于张之主动。这时他已不能完全抑制住胸中一股不平之气。

及至他与翰林学士闭户长谈，才知道内中真切。原来四个月前张择端催着他南行，并非宫中示意，而系由于开封府尹聂山不容。张首先要承茵仔细检点自己在四个月前是否在公众之前曾有失言之处。承茵矢口否认。他平日少见外人，又何至在公众面前发言不慎？经过再三盘问之后，才记得元宵之后数日，他曾与李功敏及国子监的太学生数人去南薰门里油饼店吃茶。谈话之所及一时兴至，他提及懋德坊一带居民，因达官赐第原住宅被开封府拆除，目下在固子门外沦为“棚户”等等情节。他出口无心，旁人听来则甚可能认为有在年轻学子之前张扬煽动的用心。他这时已不复记得清楚。直到张从侧后牵引，他才记得当日抱着不平，似曾介入某种偏激之词。不用说直接间接之间，此事已为开封府所派内线工作人员获知，也不知他们如何报入府里，总之就触怒府尹。那开封府的府尹，又不同于各地方官，他在职掌内处理都中狱讼有专决权，不受刑部及御史台查问，而这拆屋一事也正落在他职责范围之内。他要知道：这书画局里的画官何以胆敢为霸占公地的顽民张目，还要诬蔑他府尹渎职殃民？事实上他派着他的右军巡检来局质问，由他张择端道歉解释，并且承允打发承茵回籍了事。

何以当时张择端不将这情节向承茵明言？

翰林学士将他的藤椅后移两三尺，与画幅保持相当的距离，也要徐承茵把椅子移至他的近旁，然后促膝对谈。“你这个人，”他率直地判断，“心地善良，也算得刚毅正直，只是有时候出口不慎。我恐怕你知道这事底细，忍不住还要出头辩护，那样子倒会把事情弄僵了，况且这事情发生在正月，你还被那位公主帝姬盯着要你画像，纠缠得不清……”

承茵心想，这样看来，他始终不知道他自己曾抱吻柔福和彼此倾心一节。他即随着话根子问：“翰林学士，照你看来，我现在还是不能露面？”

张择端展开了那惯常带稚气的微笑：“你还问我！我不是说过不待我通知之前不要返京吗？现在你人已经在这里了，还待我的许可？”

他的笑容收敛之后改口再说：“不过你既已回来，也就算了。没有什么大不了的。总算你的运气好，前天圣旨已下，派皇太子兼开封府牧。”他再问承茵：“你知道这场任命的意义吗？”

承茵只默默地摇头。

张择端再又解释：这开封府既有府尹，州牧一官向来是不常派的。现在此项遣派既已公布即表示朝廷有与金人作战到底的决心，甚可能京师戒严。他张择端只希望事态尚不致如是严重。只是无论如何，皇太子也必任用他亲信的助手，所以旦夕开封府尹必将换人。这聂山泥菩萨渡江自身难保，应不可能再记挂着拆屋和棚户等等小事与往事了。说到此处他又是一笑，加添一句：“只要你不再唱高调，再四处张扬的话。”

他也表示，《清明上河图》业已完工，不出十天即将全卷呈御览。如经批可，他自己将趁此机会请求还乡退休。为什么他刚在四十内外即要倦勤卸任？原来张择端家中尚有老母，缺人供养。他自己的身体也不如外貌的顽健，总是虚浮而内中衰弱，也禁不起开封府秋冬间的大风和夏天的蚊蚋。如果所画《清明上河图》经圣主宸断认可，按例会赏给少量金银财物，还不如借此在家乡东武县买他数亩薄田糊口，免得继续着宦海浮沉。

承茵心想，这年头谁也只指望回家买田，以便放债收租。好像不久之前他也听到过另一人如此坦白自陈，只是一时记不起此人是谁。

其实张择端之急流勇退，也仍与作画有关。本来书画陶冶性情，个人随兴地挥去，既因研考事物而静观天地，也随着丹青出入而养心明志，本来是一桩好事。无奈这好事被官场编派，立即你多我少，争执横生。也成为容纳是非、褒贬人物和争夺权力的门槛了。张择端平日心气平和，总是不得罪人，至此也感到吃不开。

这些情节徐承茵岂有不知？他四年前初进画学则发现一班同学之中有士流与杂流的区别。及至清江口的船务见习，又遇着师弟师兄间的界限与嫌隙，连一张造船的图样也未见到。及至参与描画汴京景物门道更多了。起先说据实写真，可是什么是盛世壮观，什么是皇都美景，既怕监察官的虎视鹰眈，也有不相干的人从旁指摘；甚至左边一撇则为绍述，右边一拐则为守旧，还要担心星变。即是提及拆屋赐第，又何尝不是与作画有关？徐承茵当然明白：还只有自己独自画茶壶才能领略当中的真趣。

张择端又猜测，这书画局甚可能因着蔡太师垮台而收束。迄至此刻徐承茵并未将茂德帝姬口授谋略与这翰林学士的谈话摆在一起。可是他听得张说及，准备申请升范翰笙为画学正，接替他权管局中之事，不免觉得心上至为不快，而且想及茂德的建议准备权衡得失了。他自信在画《清明上河图》的过程中，在供给基本资料，参与设计，甚至在画幅上助笔，添补填入树竹枝叶木屑瓦屋各琐事上讲，他徐承茵所贡献从未在范翰笙之下。为什么要范翰笙接替？他只以磨墨洗笔为能。并且因为他的饶舌，使自己牵入懋德坊、崇圣里、固子门的一段纠纷，被迫离职家居三个月。这位好同事还若无其事，只在旁候着升官！

可是张择端另有解释。

他说："承茵，我知道你画得比他好，只是书画局的情势是这样，艺术次要，对外人事第一。收拾着这破旧货摊子，范翰笙要比你强。"承茵听到只好咽下一口涎水。

刚说蚊蚋，此时即有一只蚊子叮在张择端的耳根旁。那翰林学士猛给自己一记耳光，蚊蚋果然应声而坠。张又用左手中指沾上口水，敷在被咬着的痒处，才继续告诉承茵：他已经安排升他为著作佐郎。本来吏部因为承茵非进士出身坚持不允。但是张已与考功案的瞿员外郎疏通。他追叙着说款时的情形："我说，'他不是考不上进士，而是朝廷不让他考，逼着他学画，而且一直叮嘱着他，在本朝而言，绘画的重要不亚于辞章。要是这句话能够算数的话，则他四年来的造诣，早已超逾过许多翰林。况且他在《左传》上下的功夫，连国子监的生员都敬服'。那瞿守真已照我所说签呈上去了。虽说我不能具结保证，看来这事已十拿九稳，应当没有问题。"

他又在颈子上耳根处搓摸两三次，接着说："这著作佐郎一职也是正八品官，而且是正途。照我看来要比用画画获取功名，总还是理想。还有一点，"他面上再涌现出来那惯常的微笑，"近来朝廷的做法，对各州各路的差遣，也常派着著作佐郎去。所以这职位在正常薪给之外，也附带着多少有些出差费的好处。"

徐承茵本来无心对此事存有念头，听着却也免不了心向往焉。张择端站了起来，随着又张罗着地说："现在好歹这幅画已经画完了，你也可以趁着这机会看它一遍。"

承茵随着他站起身来。张择端让他站在左边的缣

车后将全幅向左转去，直转至卷之起点，然后他自己发动右边缫车，这《清明上河图》方不疾不徐地从头至尾展开。以前耗费的时间不计，自张翰林学士接任以来的九个月三人所费心血，已全部呈现于眼前二十尺的黄色绢幅之上。从晨雾在树，乡人进城，茶馆开门，垛房告别，樯桅折叠，虹桥惊扰，脚店输钱，太平车辆，河畔观鱼，驼队出城，门前说书，骑绅护眷，迄至僧道论衡大致浏览了一遍。每至他自己得意之处，张择端即缓转画轴，停留着解释。

其实承茵最关心的乃是十字街头柔福以宫装扮为使女的一幅，看来似乎已经照他自己设计画上，不过也难为断定。张择端却认为将十多个人在河畔街头写生的画稿剪裁缝补增添点缀是他自己莫大的功劳。

譬如说：承茵所画两只螃蟹船前后重叠。这种船特殊之处乃是前后两把大桨各长约二十尺。极少时候双桨互动。一般情形下总是一只在划，一只休憩，也使船头及船艄编排着一高一低，所以两把桨有如螃蟹之双螯。而这船之首尾也没有实质上之区别。从侧面看去，船行有如螃蟹之横走。如果像承茵的画稿一样，将这种船的详情细目全部画出，不仅占幅太多，也不生美感，所以他决定以远距画全船的斜侧面。而将另一只船的螯桨放大，作为近观。划桨的水手也从六人添至八人，以简释其结构及操作的方法。船之其他部分，不是待分析之处，只用近岸旁的一团芦草将之遮盖着过去。即是最严格的评者，也无从指摘作画人只顾自身方便，抹杀了当应仔细琢磨的地方。

息事止讼只是圣教昌明之风化下的理想。其实街头巷尾的争执无时不有，也无地不有。作画的人如何能把一切坏事全收入画幅里去？难道谋杀命案，妒妇争风，逆子不孝，恶汉互殴也能在这叙王事的绢幅上出现？张择端的办法乃是将大小争执象征式地收集在不出一尺见方的范围之内。这场面以富商押解陌钱驱车过市为主题。太史公曰："天下熙熙，皆为利来；天下攘攘，皆为利往。"此人因逐末而致富，面带笑容也是人情之常。板车上所载除他自己之外，只有近底一层，却套轭上四匹骡马，也无乃长形布袋内所装陌钱过重之故。商人袖手安逸，驱车者也张扬得意。只是四匹骡马之中两只神色如常，一匹却颈项低垂，一匹则伸颈鸣啸，表示不平之气。汴京街道纵宽，经他如此驷马驱驰，尤其是赶马之人长鞭挥策，必已使行人感到不安不便了。再有街之左边，扛驾着独轮车之车夫，因着车上高堆重载，他只能胼手胝足地挣扎，眼不能旁视，肩不敢倾斜。而偏有那挑轻的汉子，不识趣地在正道上息肩，遮拦着他的去路。两人观摩至

劉家上色沉檀揀
久住
王員

大夫任此
孫羊店

此，那张翰林学士更加解释："这些地方都表示小人不闻君子之大道的结果。也是他们尚未体会到己所不欲勿施于人的意义。以小喻大，我们也可以看出一切争端的始点。"

徐承茵抢着说："我知道：这类画题出自祝霈，他喜欢卖弄这一套。"

"承茵！"张择端正色带辩护性地说着，也不见他面上的笑容，"虽说君子要忠厚，不为已甚，我们也不能对这些欲生乱阶的情形全部置之不闻不问。你熟读《左传》，就知道小不忍则乱大谋。我的办法是在这一尺横宽的范围内将一切纠纷的地点细处重复地画出，使以后阅图之人不能忽视我张择端奉着圣旨广为规劝的意思。"

这是徐承茵第一次听着张翰林学士以奉有圣旨的名分自作矜夸，而且他用儒教的根本教训自己，不免拂意。只是看到画面上技术性的安排，则也有他的道理。例如孙家羊肉店之前有一人说书，讲到故事中的紧要处，背对着阅画之人有一个小儿蹴地哭着要走，他的母亲却不肯离去，还开口谴责。也确如《左传》起首第一章所叙，母子之不能共亿，始自些微末处。

再移向街心，更见得绅员一人骑着高头大马，迎面遇着旧识。这人必因着缘故，或是羞惭，或是畏怯，只是以扇掩面，甚至掀起袍角，希望把自己全身遮盖着过去。偏有这马上之人毫不体念对方的为难，愈硬存心使劲地向他看去。并且两人的随身童仆也各随着主人，骄昂的更是趾高气扬，偃蹇的越是意气消沉，只挟着被服蹒跚而行。

街上又有代表儒、释、道三教人物站着论衡，又有状似乡绅塾师的人物也是三人一堆，阅画人虽不能探询出他们讨论的题材，但是据张择端所述，此是一个不和谐的场所，应仍是无法协调的成分多。这全部情景也可以从其他人物所生争执看出究竟。大街上行人须要同心协力，而事实上意见分歧之处则有三起。官员绅士之家的子弟各着长袖袍服，一人主张东行；一人则坚持西往。两个匠人各执箱匣，也是各持己见，不过一人指东，一人指南。再有贩小吃者两人，一持汤羹，一人头上顶着碗盏，手携折叠式支撑盘钵之木架，也仍是一南一北，又不知他们如不将行头凑合在一起怎能做得成买卖？到此承茵也笑了。

因着他一笑，张择端的态度也比较松弛。那带稚气的神情，又再度浮现于他的面庞上。他命承茵将画幅向左转回约三尺余，说明他在去杭州府休假之前，这处上端尚是一片光板，现在却已填满。经他说起，承茵也依稀记得。这角落的主要地形乃是一道护城河，

也有一道支流，从北至南注入主流，上有土桥。那翰林学士询问他手下的画学谕，要他说明这一角的主题何在。

承茵仔细端详了一会儿，就感到这一角的气氛与刚才所见成为一个对照。他据所见回答："这边比较温和宁静。"

张择端从旁补助："这一角的主题是'秩序'二字。"

承茵再仔细看去，不仅右边的驮兽无人看顾仍然各安本分，并未狼奔兔脱；即是左角的六只肥猪，从树荫走出，出现于街头，也仍是结队成群，似受前一只领导，而保持着全队的对称与均衡。正中茅棚下的茶馆，生意清闲，侧面有妇人抱着小儿，较远处杂货店主人正以秤衡物，此乃是慈母与幼子的温馨场面和公平交易的象征表示。至于那佛寺正门紧闭，僧侣一人从侧门进，所呈现的柱梁、托架、台阶、屋瓦无一残缺失修，处处井然有序。即担贩过桥也无人阻碍，只表示一片平和的理想境界。

张择端又问及："承茵，你还记得我'三道屏风'的秘诀吗？"

"学士，"承茵不待思考地回答，"这是我做徒弟的开场第一课，怎么会忘记呢？"

他再瞧着画面更体会这一角落已保持着三层纵深，而且由近至远引导着阅者自右向左看去，符合全画轴的设计。各段落间的过渡，则用榆柳树条衬着。所以全局虽由以前各人零星画稿凑成，主笔的人不能没有他的全部见解和设计。

至此张择端再加解释：近边的轿马行列，也仍保持着守礼有则的要旨。前面一张轿子所坐的为母亲，后面一张所坐为妻子。虽然两轿门窗紧闭，当中区别可以从轿上文饰看出。画上的主角着学士服，早已下马，正作揖向母亲慰劳问安。妻子所乘的一张则即将停轿而尚未着地，此中有一个本末先后的次序。随行的马弁仆从肩扛各物，虽未摆成笔直的长蛇阵，只沿着河岸稍向阅者作弧形，可是从未参差躐等，这也就是秩序的表现。

"学士，"徐承茵到此慷慨直言，"你不能挂冠而去。"隔了一会儿他又加上一句："我想朝中尚大有借重你的地方。"

及至承茵再回到卢家宅院已是傍晚时分。傔从陈进忠早已回宅，将厅房收拾妥当，并且用自己的钱买了些蔬菜肉类，预备了晚餐。他见及承茵，就说："大爷路上辛苦吗？"随即又说，"大爷，北方的情形不好，鞑子兵厉害啊！"陈进忠是河北人，他可能得到家乡消息。像他这样不识字的人所见如此，那前方军情不利，情势紧张的局面可想而知。只是他自己此时有事心头记挂，只回说："陈进忠，我倒确是有些疲倦了，明早我和你话说。"

匆匆吃过晚饭后他倒头便睡，可是在枕上翻来覆去，只是不能成眠。想来想去，他不能去挖张择端的墙脚。翰林学士虽没有在绘画的门道里向御前启奏，成全他徐承茵，他对手下两人的安排不能算是不周全，况且进入文字的正途，也是自己向来的夙愿。如照茂德帝姬的办法做去，他必须以损人利己的办法，先毁灭这张刚完工的《清明上河图》。本来此议经茂德提出，他一时语塞，只糊里糊涂地默可。现在情势看清，他知道这一幅画卷从创意至今，忽忽寒暑三载。他自己道义上的责任不说，即是情感上他亦不忍下手。他徐承茵一向反对旁人假借名目在绘图时参入事端，做个人利害恩怨的打算。何以现在又抄袭一向被自己嫉视和鄙视的劣行，去加害于他自己的居停和上司，使他希望告老之际受到打击……

诚然，他过去曾口出大言，《清明上河图》的设计尚大可增进。这也仍是源于平日眼高手低的习惯，并不一定是徐承茵画的必然较张择端画得好。退一步说纵如是，也还不是自己有真知灼见，在创意上较张的强；而实际上是徒弟蒙套上了师父的手艺，蒙他训诲，弄清了好多诀窍。万一这“倒张”的行动成功，他也没有把握，在三四个月内，画出所谓汴京八景或十景。在画幅里加入文教上的重点，是皇上与整个朝廷的期望。虽然柔福帝姬曾批评张择端过于做作，可是要迎合上方赋予的宗旨，就不得不重复地将这画题一再强调。他也想不出如何将《清明上河图》的组织结构翻一个面。再回想来，他也找不到适当的助手。首先即有范翰笙的问题。无论如何那范翰笙也不会心悦诚服地做他徐承茵的助手，他已在准备接替翰林学士之事……

所以在夜半之前他已决定不能实行那重画《清明上河图》的提议。

可是问题并不是那样简单。他还要向两位帝姬交代。当日上午他还称茂德为姊姊，央求她成全自己与念妹的好事，现在又临阵退却，如何讲得过去？他自己一介书生，现在有公主垂青，为何他还只在自己名节上打算盘，不能迁就于她们的好意？并且内定的计划行与不行，还没有开场，自己已先萎缩，今后还有何面目见女中之知己？自承所作画不如张择端也不是令她们泄气？这事如果吹了，难道今后还有见帝姬的希望？他是不是会悔恨终生？

想至此处，他另有打算：他可以用“无为”的方式，静观变化。好在“倒张”的计划，不由他自己发起。他即不闻不问，如果茂德去向皇上关说，他既未实切地赞同，也用不着出面阻拦，好在张择端与范翰笙并不知道他与两位帝姬，尚有如此这般的一段交往。他的策略主在以静待动。即使日后张、范质问，他仍可推说不知何以皇上有要他重画的大命。

这时候有一只蚊子钻入帐中，他搜捕不得，总算把它逐出去了。他一时汗流浃背，又就着床边茶壶咽下了两口冷茶之后心跳较为平稳。仔细想来，这办法仍是不妥。这也还是卑怯的表现。诿过于人，更非热血男子所应有。徐承茵开始责备自己：在茂德帝姬建议时，他没有鼓足自己的正气，当场说不。现在这事弄到如此尴尬的程度，还是由于自己的暧昧游离。刻下事后猛醒：他不能恩将仇报，更不能埋怨帝姬强自己所难。要是今日存此夙心，即使他招为驸马，得了厚禄高官，这段婚姻也不见得会愉快。柔福对他的赏识，一半出于他自己的艺术修养，一半由于他的忠实性格。如果他放弃后者，歪曲前者，那她眼中之徐承茵还有什么地方可取？怀念及此，他又恨不得立时往茂德帝姬处坦白陈情，更正日中的错误，愈快愈好，免得再有另外想法。

好不容易挨到天明，他立时起床，梳洗既毕，也不待吃早点，即在街上雇了一辆驴车前往景龙门里蔡宅。门人佣仆知道他数经帝姬接见，此刻听说着有紧要事，也不敢怠慢。他在客室里候了一段时间，茂德终于出现。但是她对承茵一早冒昧来访未免不快。徐承茵也注意到她面上没有妆饰，收敛笑容，和上次所见有很大的差别。他一口气把张择端与他自己的关系，那《清明上河图》设计原委和目下情况，那画幅不能再更动的理由，因着柔福他更不能缺乏诚信的原委，尽量据实道出。至此他已不敢再称茂德为姊姊，只尊呼着她为殿下。茂德初不耐烦，好几次要打断他的话头，但是承茵鼓足了勇气，只是下气接着上气地倾肠而出，终于把所有的曲折道叙得干净。说到后头，帝姬只是两眼低垂，她用右手食指摸摩着茶几上的棱角。最后她抬起头来，向他冷冷地说着："这事只能由你自己做主。"

承茵央请她安排，使他再见柔福一次，茂德只说现下宫中府里都在混乱状态，不是时候，她也无意再找上绊头。他又再四恳求，她才说："让我看看再说。"

第十五章

那宣和七年冬季至靖康二年初的一段经历，至今还是历史上的一场梦呓。很多人当时在汴京，身历其境，犹且支吾不能道说实在的经过，局外人根据道听途说，只更把内中情节愈说得不相对头，而且言人人殊了。

七年七月，徐承茵受得张择端的推荐，升作著作佐郎，官属集贤院，及至到院才知道他的头衔上带“试补”二字，也就是额外冗官，算不得正缺。院里的著作郎及其他佐郎，都不把他看在眼里，更不用说秘监少监了。幸亏校理判阁事的郑正，尚对承茵有些赏识，曾令他为自己画像。本来集贤院的官员也随时供朝廷派遣，平时最重要的工作无乃搜集保管珍本古籍，并且校勘当中的正误，亦即是真的校书，这与承茵在书艺局里所做校对刻板的工作，有了实质上的区别，可是那些古文秘笈里包含着无数古怪离奇的字体，更不用说特殊的偏僻字。承茵动辄即要请教于他的上司与同事，这样也难怪人家要视作赘尤了。他已经听到其他的佐郎甚至下面的掾吏在闲谈时说起："我们院里新来了一位不识字的翰林！"承茵也知道自己的字写得不好，果然这一点也被人耻笑："我们这里新来的一位佐郎，带来一杆好紫毫笔；这笔倒也奇怪，他只能勾画得出来杯盘盆碟，写不出草书正楷！"

张择端并没有告老还乡，范翰笙也没有升得上画学正。那《清明上河图》算是完工呈上去了，可是酝酿已久的御制序却一直没有颁发下来。也有人传说皇上只在卷首题了几个字，可见也没有人真的看见，也就不知是否可靠了。总之皇上自称教主道君皇帝，准备内禅，这事已惊动内外，想来宫中已无暇对画幅仔细端详。

前方的消息，一直不好。承茵的傔从陈进忠由翰林院书画局开缺除名，随着承茵将名字补入集贤院，仍在卢家宅院里服侍徐佐郎。有一天他对承茵说："大爷，我看要同鞑子们打是打他不过的。人家的马，比咱们的高一个头，又成日吃着辽里的大豆。咱家的马连水草也不能喂饱。就是硬拼硬的，还没有交兵，咱家先已输他四五分！"

承茵忙说：“陈进忠，不要胡说！官厅里听得了问罪，说你妖言惑众，可能要丢脑袋的！”

话虽如此说，他也满腹怀疑。而更使他吃惊的乃是陆澹园从太原狼狈逃归。这时已入深秋，一天傍晚承茵下班，忽然看到一人满面灰尘，衣衫褴褛，正在沁园巷口徘徊张望。仔细看去，他穿的虽是既脏且破，却是一袭旧绸袍，在此季节，不免觉得不足御寒。这已经来得离奇，而他一直向着自己盯望着。待他走得近前才发觉此是与他自己小妹苏青退婚的未婚夫。“承茵，”他恳求着，“我要你帮忙。”他将眼睛向左右扫射一遍，又加着说：“他们要抓我。”

要是这事发生在五个月前，徐承茵甚可能说：“你这家伙，活该！”可是时过境迁；而且落井下石也始终不是他的习性。看得澹园如此狼狈，他的心里先已软了一半。而此时陆又再说及：“承茵，有了今年春间的事，你如果觉得我这个人真是不值得一睬，我也无话可说，只好怨自己该死。”这更动恻隐之心了。况且他还记得自己和一家以前遇到患难，也确曾得过此人支持。所以也不知是他自己出口邀请，还是来客自附骥尾，说着就跟随前来。总之不到三言两语之后，他们两人已同入卢家宅院的东边厅房里，而且由承茵吩咐陈进忠预备洗澡水，多添饭菜，让陆员外在厅房里住夜了。

及至承茵将自己一袭夹袍给他换过之后，那陆澹园才将自己如此离落的经过一五一十地道出。原来童贯手下的兵马十无一二，诸将领互相欺瞒。现在案情揭发，他们众口一词地加罪于他陆澹园，还指望杀了他灭口销案了事。他一逃之后，更是劣名昭彰。各人官官相护，他自己更无法出面申诉。而且这一串情形也像命中注定。总之自他入算学，毕业后被派入审计院，又被任为军前征信郎，再升为昭武校尉，只是一步逼一步，固然名利双收，也是愈陷愈深，即你无心贪污也不得不贪污。原来官方只有向下属勒索摊派的习惯，无政府与民间依法互惠做生意之可能。愈是国库充实，那上面的财富愈不能下放。我朝虽制定募兵发饷，一旦有了团练保甲等名目，实际上仍是向下勒派。而且规矩一滥，所派愈是推向无力担承申冤的门户，于是产生虚浮缺额。所谓冗官冗兵，也在此条件下产生。人家一吃缺，你也得吃，否则只有你吃亏；人家一勒索，你也得勒索，否则你的队伍愈短缺。这军前征信郎一直替人家弥补掩饰。一到事发，危机在即，也在为各人做替死鬼，他还来不及回家收拾衣冠，就得仓促出走。

为什么大家都知道此情形，没有一个事前说实话，难道这么多人竟完全没有头脑，不知道一张纸终于包不住火吗？

陆澹园又解释：当初大家都希望图辽功成。那契丹人中有好几个将领当中确有几十万真人实马，如果把他们收编吃了过来，最少也可以将我方原来的虚额填补上四五成。不料辽将不肯上当，他们之中已有几人来过京师，一看穿南朝的虚实，也就见风转舵，归顺于女真人了。他又将热茶抿了一口，反问承茵："你听见过郭药师的名字吗？"

承茵岂有不知，去年他与陆澹园相聚，即听见他说及此人。他和赵良嗣，当时都被视作辽之内奸，我大宋之肱股重臣。不久之前那郭药师还来京师朝觐，遍受欢迎。他看清了大宋外强中干，即志愿为大金国的先锋。那女真人也有心计，只派他为留守，倒把他部下兵马，编入金国皇四子的征宋行列。

两人都没有提及的则是澹园的婚姻，看来他与童家联姻一事已成泡影，而童太尉尚是自己身家性命难保。但是他澹园与苏青能否破镜重圆，还待他们自身决定。徐承茵就想不起一个闺女，首先给人家定亲，次之退婚，而终又重归于好的例子。所以此事慢说，刻下只算周济难友，让他渡过目下难关，让他回乡找一个偏静的地方躲过风声再说。于是在入睡之前他已将陆澹园前赠他的窄棉袍还敬了他，外加刚领来的官米一袋，又陌钱四千作为南回的路费，顺便又告诉他沿途关卡需要注意留神的地方。

既然自己不念旧恶地宽大为怀，他就觉得理直气壮地问他一事。徐承茵无意小心眼，却也免不得好奇。澹园一向把李功敏当作第一知交，即是与自己为姻亲时仍是先李后徐，何以今回落难却不先求助于国子监之直讲？

陆澹园面上现出一阵苦笑，他皱着眉头说："承茵，那国子监是不能轻易去的，他们那批太学生成日讨论伏阙上书，又在各斋舍内外派出纠察，防备开封府监视，你如果近前，他们会给你百般留难，倘有三言两语不合，他们先给你一阵毒打……"说时他又用手抚着左额。承茵看去果然上有青色伤痕。

"那么你见过楼华月没有？她不是和你相好？"

澹园反着问他："你还不知道华月的事？"承茵只默默地摇头。

"上次郭药师来京，"澹园即此解释，"他们领他至楼家住夜，他看上了华月。官方正想笼络这人，大家即向楼家交涉，预备买她送郭帅为妾，华月执意不从。当天晚上她哭了一晚，第二天早上她穿着一套青衣布裙，也不戴首饰，只是乘人不备，跳入蔡河里淹死了。”

徐承茵听着不觉瞻望空际，心中想着，四年半前他首先遇见这位尉氏县来的女孩子，刚初步流落风尘，现在却已葬身于蔡河。原来蔡河也是由尉氏县来的闵水经过祥符汇合而成。今朝她素妆蹈水，也算完结了命运中注定的旅程。但望她能将在东京五十来个月灯红酒绿的生活，当作一场噩梦，自此魂兮不昧，还归于初来的纯朴天真。这样想着，他也深长地呼吸，松释了自己胸中的感慨。他再低首注视陆澹园，看到他面有疑惑的样子，又禁不住想：你是我的妹夫与否，这间厅房也是你最后能获得周济的出处。总算你的机缘好，还有我徐承茵和沁园巷在。

自陆澹园次晨悄悄离京之后，承茵觉得分外地寂寞。他自到东京以来的新交旧识，一个个地相继隔绝。自己自开始习画以来将近五年，到此已至事业的终点，要想在文笔上再打开一条出路，也是事与愿违。他起先尚存着希望，有茂德帝姬的安排，他至少可以再见柔福一面。日子一久，这场想望也愈成幻影。问题是太师垮台，整个蔡家的处境也愈艰难。他再读着柔福寄来的情诗，也只有更觉得怅惘。

天气转寒，前方的战况也越为不利。他记着陆澹园讲的，京城的门户在河北，可是黄河南北全是一片平原，无险可守。关系战事的重点全在河东。要是我军在太原驻扎重兵，女真人的侧翼受着威胁，他们断不敢贸然南侵，长驱直入。而我方的弱点也就暴露在这里，河东的童蔡大军只是有名无实。果然十二月间童贯自己已从太原逃归。金人将孤城围住，其主力则挥戈南下。

即在此时道君皇帝的内禅成为事实，皇太子即位，称明年为靖康元年，而各方朝贺既毕，即有金人叩关攻城。本来女真人兵马不过六万，我方京军暨勤王军号称二十余万。况且偌大东京新旧城周围五十里，又深沟高垒，守他半年十个月应当毫无问题。如果对方久暴师于坚壁之下，粮饷不继，我军则内外夹击，又将他们往北的退路重重截断，女真本来无不败之理，而此时朝中之人谋之不臧，也实在令人扼腕。首先则城外的粮站，一矢未发整个的给敌人占领，先造成一个彼盈我竭的态势。次之太上皇被人簇拥南行，新皇上也受人怂恿，准备向襄邓退避，实际銮驾启行在即，仅在最后有太常寺少卿李纲以社稷和祖先陵寝的名义喝止。只是京军家小大概都在汴梁城内，现在知道首都可能随时被放弃，已是士气消沉。而咱家大宋平日威风十足，又是枢密院又是兵部，一到患难临头还找不出一个掌握全局的主帅，只有穿绿袍的李纲风云际会除兵部侍郎节制京军。他想要将由延安调来的秦凤军也并入由他调度，则未奉批准。

金人所恃无乃骑兵，但是一到城下也无能为力。次之，他们的攻城炮虽能抛射几十斤的大石块，也仍操作不便，而且受地形的限制。除非他们长期整个地控制城下地区，持续地从容发射，不易生效，而在攻城战的过程中，他们始终无法逼近这优势。我方最犀利的兵器则为“神臂弓”，其实这是一种强弩，弓张也不过三尺余，但是其两端用檀木造成，最是坚硬。当中则用桑木，取其韧劲。接合处又用铜铁保其牢固。弓弦则用丝麻混合编成。这神臂弓以木架固定在地面，须用兵士数人才能将弓弦拉紧控挂在机括之上，也因此每一发射可至三百步外。在其射程之内，箭镞可以入木数寸。那金军的一具炮架需要数十人穿着绳索攀曲投石之大木，成为神臂弓良好之目标，他们骑兵的密集队形也最容易被神臂弓击溃。那二月二日一早封丘门外一役，我军却敌，即是由于神臂弓奏效。此外我军尚有战车，车如木架箱笼，上护铜铁，车上有弓箭手六人至八人，他们可以从车内放箭，敌人却至难伤害他们。这次作战尚未用及。

这靖康元年的攻城战，自元月七日夜开始，至二月九日金军北撤止，号称三十三日。而实际交战只有正月七日夜、正月九日整天和十八日半天，此外二月一日的夜战延至次晨，总共也不过四五天的时光。而且由延安来的种制置使在正月二十五日即已达到西郊，种师道入城，西南各门洞开，乡民挑负蔬菜柴薪入城，此时至少可谓局部解围，因之都城的确切被围并不过十八天。

正月七日敌攻宣泽门只可以算作序战。李纲指挥的京军称斩首数十。正月九日敌攻通津门及景阳门，战斗最为激烈，京军称“斩首数千级”，或有夸大，但是敌军也始终未见逼近城楼。十八日京西新募兵到达也曾与金人交锋，未见胜负。只有二月一日晚我秦凤军的夜袭敌营可算战败。事前种师道曾谏劝稍等数日待到春分后月正圆时，但是皇上不听，事后公布则称统制姚平仲有勇无谋，先期出动，兵败畏罪逃亡，手下可能损折数千人，而次晨李纲仍出封丘门，以神臂弓奏功。所以在战局上讲大宋兵马可称将士用命，然则纵是士卒忠勇，我方始终未能有计划地协定全军，一体出击，扩张战果。也不能以逸代劳，坚备不出，候敌疲惫。如此零星交锋之后，即草率地与对方言和，承认割太原、中山、河间三镇，派少宰张邦昌和康王构同往金营为质，又供奉金帛，才诱致金人撤兵北去。

在攻城战期间，徐承茵差不多能完全保持平日起居状态，他食用储存的官米，柴薪也有裕余，不受市面物价的影响，只有三天买不到蔬菜肉类，他靠腌菜与酱油下饭。他虽说晏出早归，仍每日往集贤院公署。那署中同僚上班的日见稀少，上方也未曾派他任何工作。但是一来他怕在卢家宅院里闲闷得心慌，一来他在署里已找到一部珍本《武学七书》，正看得不忍释手。

他这时确对皇上下诏要在军民之中寻访“豪杰奇俊”之士抱着一腔热望。他虽不敢对人明言，自认习画正字都无法出人头地，或许在国家危困时，改习五韬七略，也未为失计。本来我大宋右文偃武，那武举武学都没有搞出什么名堂，不然何以金人兵临城下之际还有诏书令举“文武臣僚堪充将帅有胆勇者”，如此地临时抱佛脚？可见得非军伍出身的要在此时建功立业，并不见得比文臣之中非进士出身的艰难。他自己读《左传》，即对曹刿、原轸、栾枝诸人的事迹感到兴趣，现在有机缘详阅《孙子》，才知道兵家秘诀，无非一种不同的作风与想法，其中的要旨固然系于生死，却不是“胆勇”即可担当。它包括着很多原则，却没有一个原则不能违反：既要存心冒失，又要到处谨慎，而且书中道及五危，“必死可杀，必生可虏，忿速可侮，廉洁可辱，爱民可烦”，真的要放弃一切成见，每次都要对当前局势重新考究。怪不得一介武夫不能领略，即是缺乏胸怀气魄，墨守成规的书呆子又何能望及项背，而他自身的命运也已到达了这转折的阶段。

及至围城战接近正月底，到署之人日少，承茵开始注意每日午前午后，经常在案前的只有他自己和判院事的郑校理两人。他们在如厕洗手时间常碰头。承茵之沉湎于兵书，也引起郑之注目，一日午后，他叫承茵到他公事房里去，开口问他：

“我看到你每日忙着读兵书，准备要登坛拜将吗？”

承茵还以为上官责难他未顾正业，忙着解说：“我只是一时兴至，而且不过管窥蠡测罢了。”

那郑正放弃了刚才的笑容，却带鼓励性地说及：“你何必如此自谦！国家危急存亡之际，有志之士本当投笔从戎，理应如此，你何必顾及那些书生的观感，又说什么管窥蠡测？你看那李太常少卿，也不过是一个管仪礼祭祀的官员，一朝以天下为己任，也不是在旦夕之间，成为了国家的柱石？”

他又自谓已过中年，只能“老吏抱牍死”。他成日上班还是怕朝中有替皇上起草的翰林学士在文辞之中涉及典故不能担保毫无舛误，须要供临时询商。“你看，这是什么时候？”

他对徐著作佐郎的志向，只有钦佩。他也知道，徐继续在字眼之中钻牛角尖，没有出路：“这不是小视你，士各有志，我早就知道你在我这院内混是不会感到舒畅的。你如果真的有志于军旅，那李纲李伯纪也是福建邵武人，和我也算小同乡，我们在比部也同过一段事，不过时间很短。你如果要我介绍先到他幕府里当幕僚，我倒可以替你写一封八行书推荐……”

承茵忙着说：“如果校理这样抬举我，那只有感激不尽。”

当然，当他们作这段谈话时，他和郑正彼此都不知道朝中已准备与金人议和，城墙上的军士已奉命不得向城下金人加矢石，违者严惩不贷。只有金人一队擅入种师道军地区，被他们捕获将其中六人斩首，金人亦无可如何。太宰李邦彦仍对金人和使说及，南朝主战的只有姚平仲和李纲两人，姚已在逃，朝中也即将罢斥李，以谢金人。并且大宋兵马奉旨不得在金人撤退时追击。

数日之后京师解严。徐承茵在院中，奉到宫中一个骑马的小黄门牵着具有鞍辔的空马一匹，说是宫中杜爷爷有请，要承茵到大内学士院槐厅去。

第十六章

他们在西华门下马，马交殿前步兵司的军士暂管。领路的小珰凭着带来的火牌，继续曲折地引他步行入西便门，至此之后去槐厅，不及一箭之遥。路上二人少得交语。一则天气太冷，承茵将围巾牵扯着遮盖嘴耳尚且挡不住吹过来的西北风；二则他猜想那大珰杜勋要找他谈话，必会牵涉上柔福。他们之间关系微妙，因之也不可能在这领路的小宦官口中预先探听得到有用的消息。

他这时候一直怀想：不知在大内候着他的消息是好是坏。照道理说既经此老太监见邀，应当是好，可是近时宫里的事也常出人意外，想来也不得不提心吊胆。

而且此时承茵另有记挂：理院事郑公推荐他为李纲幕僚的信件早经发出，而且据郑说，前景看好。不料四日前罢李纲之旨下。国子监生员由太学生陈东率领往宣德门外击鼓上书，恰巧那日天气晴和，一时纠集得军民数万，大家喧呼着抢天震地，要皇上收回成命，罢斥李邦彦。御前派往慰问的宦官还无法分辩，即被众人攫着一阵毒打，打得或死或伤，至少有五人陈尸阙下，一时群情激昂，大众尚不肯散，只待御旨再度传出：李纲准予复职。今日之事出自各人公愤，亦不追究，众人方散。事后传说纷纭：也有人说这场传话仍不过官方釜底抽薪之计。那肇事的太学生与乱民仍是迟早要下开封府狱，所以三数日内人心惶恐，群情动摇。此时他与小宦官并辔而行，也可能引起一段是非。幸亏这天天气异常寒冷，西华门外行人稀少；也没有人对他们特别地关注。

及至进入槐厅，领路的小珰仍携着火牌，径往门房休憩。另有傔从引他进入前次出入的侧面厅房。他还未入内，即已闻及柔福的口音。这是你朝夕萦思的人，你也和她交换过情诗，你尚且在她五姐跟前谈过两人的婚嫁，只是你和她一别经年，天涯咫尺，始终欲见不能。你又还记得年前给她一吻，似乎给她一些不愉快。这时候她又再度出现于你的跟前目下。然则一方仍是天潢帝裔，一方则是末级小官，这情形如何处理？徐承茵难于确定此时自己心头滋味。幸亏室内温暖，给他换了一口气。

而且柔福仍是和昔日一样的明快利落。她将室内各人分遣支派得全按自己心计。“杜公公，”她首先对杜老太监说，“这是徐著作郎，你去年见过的。”承茵向他长揖身鞠躬。她又对为杜勋服侍捶背的小黄门说：“王平，我这副暖手不中用，你拿着到兰薰阁里当值的大姐处换着我在床头几案上那副枣红色的来。公公不能无人服侍，你快去快回。”这样打发了那黄门小监，她又用手挥着承茵来她自己跟前，两人还是站着，却去杜勋的座椅有了五六尺的距离。然后她向承茵瞅了一眼，说着：“不要撇他，他现在谁是皇上都搞不清楚，你只要说得快一点，给他一个真正装聋作哑的机会……”

她还在说着，不料这时候杜勋的眼睛大开，他对着承茵说：“你徐画学呀，听说你升了官，恭喜你啦。”

这样他明明的甚为清醒，一时承茵不知何去何从。柔福赶紧建议：“恭维他。”

承茵朝着老太监大声地说：“托公公的福，不过从九品到八品，也还是芝麻小官。只有像公公这样子的德高位重，又是福寿双全，才每年每日都当恭喜称贺。”他见着这中侍大夫面带微笑，又在闭目养神，才放心转身向柔福问及：“我去年那首打油诗他们到底递交与你没有？”这样子才把搁置了几个月的情结重新拾起。

“尘音葑草塞，虚里蕊笺香。”柔福一有机缘又表现了她那淘气的神情。望着她那酒窝在面上隐现着，徐承茵禁不住心怀荡漾，把这一年来相思之苦化为乌有了。可是胸中郁积着的一个问题，也不待思索，只是信口而出：“那你为什么好几个月不再给我一信呢？”

“徐承茵！”柔福正色地说着，“你那首诗，凡是宫中识字之人，统统读过。只是当日三哥当权，正要捉拿作诗人，接着又是番番退位，大哥当家，局势朝夕不定，如果有任何差错，要不是你就是我！”

她刚一把声音提高那杜太监又张开眼睛，说着：“徐画学，听我说的，不要和念小姐斗嘴，那万岁爷爷都说可以，那就迁就一点好了。”

柔福向着他大声说着：“公公放心，他一定会照我的意思画！”她回头又悄悄地向承茵说：“他还以为我们在继续在画卷上的争执。”说着她又把承茵牵扯着离太监更远一步，接着再说：“番番刚退位，他就说：‘我一生想看四明山水，只是没缘，今日做了太上皇，也可以说一遂生平之志，正是无事一身轻，不妨往江南逛一阵！’他也不待公家区划，只带着随从数人去东水门自己雇着船南行。可是你知道怎么样的，一会子蔡攸也来了，童贯也来了。凡是新朝廷不容之人都攒集在太上皇的行列里。番番又有什么办法？难道还把他们推下水去不成？如是浩浩荡荡，人也越多，船也越多，这样子京里谣言也来了，他们都说太上皇被不逞之徒包围，占据江都，要截断京里的邮路漕运，准备复辟！”

“这真是岂有此理，”承茵抗议着，“难道太子——我说新皇上也相信这一套吗？”

“大哥不如三哥，耳朵根子软，这是有的，但是还不至于如此糊涂。只是他不像三哥，手头还没有抓到登宝座的本钱，不得不听近旁一些人的。你上次在五姐处，她不是和你讲到‘为君难’吗？”

承茵默默地点头认可。柔福继续说：“我们做皇妹的，则只怕有何差错，被人抓住把柄，被指定去和番，嫁给一个像呼韩邪单于的酋长似的！”她说时眉黛之间表现着千百种卑视厌恶的情貌，好像那呼韩邪其人业已逼近跟前，又是茹毛饮血，又是一身腥臭。

承茵忖想：此不过这淘气的小妮子借题发挥，她不可能论及真人实事。一听到呼韩邪之名，他几乎失笑。也正在此时帝姬又是杏眼圆睁，她着重地说：“你要知道当今多少人要挟天子以令诸侯，什么勾当他们干不出来！”

这样看来强迫帝姬下嫁番王，又事势可能了。他记着曾经听说汉朝画官毛延寿，把一个绝代佳人王嫱只画得去和番。竟想不到这上古之事也可能出现于大宋，而又影响到公主帝姬。只是此段胡思乱想，不便夹入谈话之中。倒因为刚才提及五姐蔡家，于是接着又问："那五姐一家情形到底如何？"

柔福只是摇头。她说："看样子大势不好，新朝廷总要找出一对忠与奸对照的楷模。她的家翁首当其冲，三个哥哥也不能免。现在抄家是抄定了。只看一家老小如何发遣。还望我家大哥留情，不要使五姐夫妇一道遭殃。"

"但愿如此，"承恩说着，他又问，"今日这里会见是如何安排的？"

"事也凑巧，"柔福面带笑容，扫除了片刻之前的忧色，"昨天我到御书房里翻看书籍消遣，恰巧大哥驾到。这还是他登极以来我们第一次见面。他说书架上有一幅图卷，叫作《清明上河图》，里面夹着一张纸条，上书：'恭候御制序，并询柔福帝姬。'究竟是怎么一回事。我说只有书画局里一位画学谕和杜中侍大夫才知道原委，只是他们去年在槐厅见面，我也在场。如是经他许可邀你入大内商询，给我们见面有了一个借口。现在我回说据你所知，太上皇禅位前已决定只在卷上题一个画卷名称，免了御制序。人家问你，你则说据柔福所说如此，这样子我们也可以交代过去了。”她又想及：“也是昨天派人到书画局里一问，才知道你升调集贤院。院里新工作如何？”

承茵叹了一口长气：“只是一言难尽，我想作诗、画图、正字和做文章都是好事，只是一成为利禄的阶梯，也就兴味索然了。我想我在这些门道上做事，也做不出什么结果的。这已不是我生涯中的要旨。现在我心目中第一要事还是你。”

说到这里柔福的脸已经红了。自徐承茵第一次见到帝姬以来，只见得她指挥各人，得心应手。面上表情与嘴里言辞总是明快利落。今番的羞怯情貌，实是前所未有。他瞧着愈加见爱。至此他俩已是心心相印。他已经知道自己问题的答案了。但是他仍追着问去：“我不知究竟在你心目之中占何地位？”

柔福依然满脸晕红。她在玩弄左手上的玉环。嘴中却慷慨陈词：“在天愿作比翼鸟，在地愿为连理枝。”她在含羞与吐实之间有了无限的妩媚状态。

徐承茵禁不住心花怒放。若不是中侍大夫杜勋在场，他甚可以抱着心爱人，帝姬也好，自家小妹及任何人也好，只是一阵狂吻过去。今既有约束，所讲的话也随着另指一个苗头。他抱怨地说着：“这话不出自你口，我无法知道。你记着上次我给你亲嘴被你一手推开，还被罚闭门思过三个月。”

“徐承茵，”柔福抬起头来，她把自己说成一个第三者，“你要她怎样？人家还是一个十六岁的闺女，又生长深宫，难道经你贸然一拥抱，立即说：‘如此甚好，让我们像卓文君与司马相如一样来个私奔？’”她刚说着，又记起在旁的杜勋，于是用肩盖遮着，左手拇指后指，低声说着：“怪不得人家都说咱们是两小口子，见不得面，一见面就要顶嘴。——不过你也要给人家一段时间思量呀！”

“柔福，”这是他生平第一次如是称呼她，说时却很自然，“我对我们的事也不知思量多少次了。本来我现在集贤院的事，也算是八品官，如果按最近转班序迁的办法，也可以候得半年十个月请求外放做县令，薪金收入虽不能和你天潢帝裔的较分寸，却总也能糊口，况且我们也可以玩水游山，不受这些京里的束缚，我想你衷心向我，我们怎可以放弃这套驸马赐第和白银万两的恩赏。可是问题也在这里：如果我们这样一提出，马上就要引起人家的疑妒。不仅这与成宪不符，还不知你这群姊夫如何话说。很可能的，他们宁可让你嫁给那呼韩邪的左右贤王为阏氏，也不愿你念妹归于我这三代无名的徐承茵。那样子才真的降低他们身份。”

当承茵说及不较富贵荣华时帝姬点头认可。但是他说得做外任官打破成例时她也知道事与愿违，只是摇头。大概那中侍大夫杜勋知道他们两小口子所议事不涉及画图，也就不闻不问，仍是闭着眼睛养神。

“我所怕的还是那些监察官员，”他又继续说下去，“他们不相信我淡泊明志，还要说我以驸马皇亲的身份割据地方，构成封建。罪名一下，先殃及于你。现在番番已经禅位，他们真可以把你随意遣派。”

“你上次说那柳永无心富贵，”他凝望着她说着，“我的情形是反一个面，我是环境逼着我追求富贵。”那柔福帝姬见着似有不信的样子。

说到这里，承茵已是开怀一笑。“我准备做真的驸马——你知道。”他用手攀着柔福的右肩，她转过身来，和他更接近，却用食指放在嘴上，叫他把声音放低。他如命快说：“汉朝的驸马，拜驸马都尉，实际参与军事。我已下了决心，以军功起家。本朝太祖，即我家里祖先也都是由军功起家。如果我一有成就，向皇妹念小姐彰明较著、名正言顺地求婚，人家才没有话说。”

“你，你一介书生，经常不为已甚。这时候以军功起家？”

“我被逼如此，只有破釜沉舟。”他把自家修习兵书，郑正介绍他先到李纲处任幕僚，朝中鼓励文武官员任将帅的各节告诉了她，一双眼睛仍注意着杜勋。他又说明，现今的取军功只要指挥武将，不必自家带兵。并且据他看来，李纲确会复职，因为金人不比辽人，你想不打他，他偏要打你，所以朝廷迟早还得用兵。他又说起自己有一个傔从叫作陈进忠的起先怕打鞑子，现在听说他大爷也要从军，已经苦苦央求，要大爷收他作家丁。他问她意见如何。自己的打算则是一旦取得军功，本来也不求厚禄，只望把那淘气的小妮子娶过来，以便成日与她斗嘴。可是那时无心富贵，做了驸马，富贵仍是逼人而来。

她的眼神随着他说的上下。“我心中矛盾，”她说着，“一方面确是别无他法，一方面我又不愿意你为着我冒不必之险。”

“我不会的，”他又是一笑，“你喜欢唐诗，我念一句给你听：‘圣代即今多雨露，暂时分手莫踌躇。’只要你耐心等着我。不仅呼韩邪不嫁，即是曹丕、周瑜、鲁肃来求亲也一口拒绝，只是不要忘记真心爱你的人在。”

她问说：“恩情逾河岳，黾勉焉敢忘？”

“我也一样。‘但教心似金钿坚，天上人间会相见。’”他说着以代山盟海誓。不过这句唐诗有不祥的含义，他脱口而出，有些后悔。幸亏她没有注意。她说：“我想你该走了。——但是你先站着在这里，只是不要动。”

她说完走近杜太监一步，指着对他说：“公公，你看那屋檐上的麻雀——”还在说着，她迅快地回头给徐承茵一吻，他刚感到，还想乘着伸手拥抱，她早已脱离他两手之所及。只是那杜勋并没有被她圈套得上。他带责备地说：“喂，念小姐，你不守规矩，旁人听说可不得了的，还要追罪于老身。”

柔福走上他跟前，好像一切伪饰至此已无必要。她用食指再度摆上嘴唇，却相当大声地说：“所以公公自己不要对外人张说，如果寻出差错来，公公首当其冲，他们确实要指问您的。”她回首向承茵说：“你告辞吧！”

“只是我还有一个问题，”承茵追说着，“那《清明上河图》里的丫鬟角色你看过吗？满意吗？”

她捋着耳边的头发不经意地说着：“大概见过，无所谓。我对那事已失去了兴趣。”

“你真是淘气的小妮子。”承茵说着，把围巾披上。心里想着为了这画中的角色，惊动了君臣上下。她把内外闹得天翻地覆，自己也南北奔波，甚至心魂颠倒，还不是由于这画中角色而起。现在她却说多一事不如少一事，她已失去了兴趣……

第十七章

靖康元年二月金军北撤，大宋朝廷却陷在一个左右挣扎的局面里。原来言和的条件包括割河东三镇，罢斥李纲，重用主和的李邦彦。及至陈东上书，都民响应，朝局又不得不作一百八十度的转变。尚怕金人见责而立即交兵，所以先派李纲前往扬州追至镇江，迎接上皇回京。这一差使使李纲暂避金人耳目。朝廷也乘着这机会将太上皇原有宠臣一网打尽。举凡童贯、王黼、高俅、梁师成、朱勔等或明正典刑，或称旅途暴毙、遇盗被害。即是徐承茵与柔福帝姬称为“五姐”的一家包括太师在内也无可幸免。后来据称蔡京在长沙身故，儿子蔡攸、蔡絛和蔡翛也在类似情形之下殒命，其他子孙二十三人则一律流放于海南岛。只有五姐与五姐夫因着大哥皇上额外留情，未被遣派，仍然帝姬和驸马如故。

只因这场差遣也使徐承茵的更换职位拖延了三个

月。本来京城四壁防御使知枢密院事李纲接到集贤院领院事郑校理的力荐，准备立时召见徐著作佐郎。无乃即在准备召见的那天，李自己奉命南行，等他将太上皇一行安置妥帖，得以重新筹备京内防御事宜的时候，已是仲春。直到此际徐承茵才蒙召见，总算得他应对得体，见后被派作进勇副尉，带正七品官阶。

当他向郑正道谢辞行时，那郑校理说："你去的好！我们守在这里管文墨的事是做不出什么结果来的！你看着：月前方有旨再用诗赋取士，罢《字说》及王安石诸等邪学，连以前的殿试都撤销不算数，今日又发下御史中丞陈过庭的一本，参祭酒杨时矫枉过正，说什么王学不王学要详察其内容，参合使用！这只有使人无可适从，文章还做不出来先有一肚子的惶恐！还只有你识时务者为俊杰，投笔从戎的好！"

其实徐承茵无法明言：即在他被李防御使召见的那一天，他已立即发现军中之事也不如外间理想。

"徐承茵，"那防御使先说着，"你要知道在我这里做事，第一就要有耐性。军队里的事重绝对服从。比如说前次，我们在景阳门外已经把女真人逼到壕沟边缘上去了，可是朝中有旨，我们还是只能收兵。即是二月间女真兵北撤，他们的人马拥挤在黄河渡口，也没有可守的地障，那时候如果让种经略的大军给他们侧面一击，保管也可以打得他落花流水。也只是为了朝廷和战大计，只好将这天赐良机忍痛放弃。所以军事上的行动只能由上面做主，这是天经地义，万死而不能转移的原则。”

承茵心中想着：难怪前方士气消沉。古人不是说过，将在外，君命有所不受吗？可是他果真在这初度被召见的当前即提出异议，抵触主帅，难道还有被录用的可能？他偷偷吞下嘴里一口涎水，眼望着那防御使领间缀着皇上所赏戴的一块蓝玉，口中说着：“是的，枢密大人。”

防御使又继续说及：“我看过你读的兵书名目，你的自叙也见过了，你读的书也已经挺够了。今后的要点看你能不能行。我不承望你实际带兵去冲锋陷阵，那样具匹夫之勇的校尉，我部下又何止千百把个？也用不着向外搜罗了。我要的是协助我指挥的幕僚，做我的股肱耳目。我如果派你到各营各队去，要哪一营固守前线，哪一队侧面包抄，你要能替我解说得处处得心应手。你给我的口头报告，说及前方战况也能处处存真，毫无欺假。你要知道我们的京军不足恃，各路调来的兵马连编制和名目都不同，这是一个极为艰难的局面。”

徐承茵对大军的前途失望，对这面前知枢密院事的防御使个人，却只有景仰。他忙着回答："是的，我知道，吴总管已和我说及。"

"他已经告诉了你吗？那很好。"防御使又再提及，"吴自诚读的书不多，可是他老成，经验丰富，你现在受他节制，要到处留神，虚心向他学习。"

"这是一定的，枢密大人用不着为此操心。"

那李纲防御使不断地卷着袍服的右袖，再说："至于书生谈兵，你我都是一样。上月我呈皇上的奏呈劈头就说及：'臣书生，实不知兵，在围城中不得已为陛下料理兵事。'"说到这里他也想到，像徐承茵这样的年轻人志愿从军即不可能对自己的事业前途，没有一段憧憬，只是嘴头不便说，也不能写入自叙文里而已。这时候只有为他上官的就便提到，表示此种要节并未依此忘怀。可是他也不能预先给承茵任何保障，所以他说："至于功名富贵，不是说不当考虑，只是无从预为筹谋。那大半还要靠各人的运气。不管你任主帅也好，当幕僚也好，当你好运来时即是你要推辞也推辞不掉的——"

承茵心中忖想，他岂不是在自身说法，要我照他的榜样做法？这时李纲又在引用唐诗："你不是读过王维所写的，'卫青不败由天幸，李广无功缘数奇'吗？这类事在军中是常有的，我们只能自识缘分。"

这样他鼓励眼前的年轻人向灿烂光明的方向看去，却没有给他任何空头担保。徐承茵频频点头，表示衷心领略就教。

“至于武艺，”那防御使又说着，“那不是最要件。我已经说过，我不承望你去斩将搴旗，可是也不当全部忽略。”说着他站了起来，承茵随他起立。召见到此，徐承茵已深切体会到这京城四壁防御使确是一个敢说能行之士。他的召对，询问及被召见的人话题少，自己讲解的多（一方面也因为他仔细看过承茵的自叙）。他经常地在卷衣袖，暗示着刚说要做，就准备动手。这时候他又说：“举凡弓箭刀枪等等，你在我署里就多少随人学习一些，一来可以防身壮胆。二来也可以助长士气。你要知道，他们这批武臣，一直讨厌我们文人只说不做。我不责成你越俎代庖，干预到他们分中之事。可是要适逢其会，遇到局面上需要我们一显身手的时候，我们至少也可以要出他一两手，也让他们知道我们可以与他们同休戚，共生死。那样子他们才心悦诚服。”说到这里他双目估量着徐承茵全身，又问：“你马骑得怎样？”

“只算平常，”承茵想不出更好的回答，随着他又补充一句，“能够稍微跑几步，不像完全初学的人，不至于双手紧抓着马鞍不放而已。”他说得如是剀切，连李大人也笑了。

不过李大人立即言归正传。“你让吴自诚替你安排，多多练习一下。一个文官任武职，连马术也不懂，在马上弯腰驼背的，那就先给人耻笑，怪不得人家不把你看着算数了。”

承茵趁此机会插入：“枢密大人，我有一个傔从叫作陈进忠的，曾随着我多年，他曾在大名府马苑里照顾马匹，我最近才发觉他马也骑得内行。可不可以让他在署里补一名二等骁骑？”

“你应当向吴自诚建议，”李防御使冷冷地回答，稍隔一会儿他又修正自己，“你和吴自诚说，只要他马确是骑得好，那就让他补好了。”

徐承茵的从戎有了陈进忠的追随，可算是一个意外的收获。他自己准备调到防御使署的时候还叫着他过来说：“陈进忠，大概十天半个月后我可以调派到京城防御使公署里去，这次你不必随我去。我预备和张司务讲，要他派你服侍院里的另一位师爷。”那陈进忠立刻抗议：“大爷到哪里去，咱家也到哪里去。你就到防御衙门也要人服侍的呀！”

承茵还在开说：“那边的情形不同，防御使署管的是打仗，军中的差遣也随时都可外调。”

"外调就外调。大爷能吃苦，咱家还吃不得？大爷打仗也少不得几名家丁呀？"

承茵笑着解说：他去的不是当带兵官，只是任幕僚。可是夜风晓露，仆仆征途与翰林院和集贤院的情形完全不同；而且戎马倥偬，绝没有京内的安稳，无奈陈进忠执意不从。及至徐承茵说至今后他的随从唤作马弁，不仅要料理行装，还要整备照顾马匹，那陈进忠张着脸一笑，露出一嘴黄牙。"大爷，"他说，"咱家十二岁入马棚子，在马圈子里长大。那马圈内的事，凡是饮水饲料，洗马刷马，戴草笼头，系肚带，换蹄铁，你大爷只要随口道来，哪一句咱陈进忠没有干过？"

"那怎么从来没有听你说过？"

"你大爷没有问过呀。"

过了几天，他又问这傔从，"陈进忠，前些日子你不是说过和鞑子打仗是打他不过的，为什么现在又要随我去打仗呢？"

他回答："要说在北方同那鞑子找脾绊，动刀枪，那是要不得的。于今他们杀到咱们南方京里来了，那就不应该再与他们讲和了。你再不同他打，他就把咱们一伙子垛着去当壮丁，派在鞑子营中任步卒。那他出起兵来，咱们中国人打中国人，那才吃霉头呢！"

承茵暗笑。连这个“箩筐大的字也只识得两三担”的傔从也知道如此大义，岂不叫朝中主和的大臣听着愧杀？至于把开封府也算作南方，那倒是从来没有听说过的。

还在候着李纲防御使回京的那段时间，有一日承茵带着陈进忠往万胜门内马厩租得两匹跑马，往近边驰道上一试。果然陈进忠所说非虚，他能够驰骋自如。而且他好像通兽语，那马匹经他一嘘着吆喝，也就俯首帖耳地听命。这是一场新发现，以前断没有想见及到的。

自经署里给他补上骁骑的名目，穿上号衣，徐承茵又有了吴自诚总管的关注，于是他们两人经常不时往骑兵营里借索马匹去操场上习练。以前承茵还只想着骑坐奔驰，自己的身腰跟随着腾伏；至此他学会了主动地上下，策励着马匹按照他自己赋予的节奏奔驰。“大爷，”陈进忠又给他若干启示，“转弯不要死拉缰绳。你拉得太紧，那马反使性子，不肯将就了。你要用脚盖骨和脚尖，一前一后，帮着它的身子折转过来。”渐渐地他体会到要马骑得好，只有膝盖骨和脚尖贴在马背上，并且要或紧或松。上体则和马颈一样地灵活自如。日子一久，胆子大了，他更练习快跑时突然转弯，倏忽地停止。有一次他被摔下马来，幸亏心中有数，未被摔伤。他以前没有想及的，马能正步斜行，也是骑马之人造诣高深的表现。当他策马缓着斜行的时候那操场的军士都向他睁着眼看，他自己心目中也知道这是一幅曼妙的图画。他心中高兴，因为他记着自己曾告诉柔福，“驸马者汉之驸马都尉也”。

他也和那些步兵教官学兵器。承茵原准备和一般士兵混合着学，那些教官不允，因为他们要给每一个人的动作个别的纠正错误，不乐意给副尉在行伍中丢失面子。至此承茵也发现了，不论是弓箭刀枪，一个最基本的原则，即是使用兵器之人先要避免暴露自己的胸膛。所以总是左足正前，右足正右。那胸部即斜倾向右，只有左肩左肘向敌。而且腰部总要稍低，以预备随时跃起。除了弓箭之外，使用其他兵器总是攻防一致，想要加害于敌，则先要防避敌人加害于我，此中佯动也很重要，一至防得奏效即要乘着敌方抽兵再来之前的一瞬间改守为攻。这样子一步未完就预想到第二步。用枪不仅要一刺，还要随着枪身一冲；用刀也不止一砍，还要在剁后将刀使劲一抽。否则伤敌不深使他困兽犹斗，最为危险。听及这些徐承茵有时觉得心寒，有时也觉得舒畅。他高兴的是这些课程真的能使自己壮胆。他练得久了，知道自己一旦临阵不至于完全心慌。

李防御使有闲的时候也亲自与承茵讲解一些敌我惯用的攻守队形与阵容。事后想来他如此苦心孤诣地提引后进，也是想把徐承茵训练成为自己的“家丁”。本来军中之事愈是死生所系愈使长官与袍泽互相荫护在各处造成系统。不久之前承茵尚听到吴自诚总管说起，“正月用兵我们吃亏就吃在没有自家人这一方面，听人家的报告，什么都靠不住”。所以徐承茵纵是和防御使一样只是书生起家，反因此没有旧属长官与同僚的牵挂，可以专心在他麾下服务，也没有人能说他带偏见。当京军指挥头都等人来谒的时候，防御使也唤承茵出来相见。他和吴自诚又数度参加他们的聚餐。总之人人都知道他们是防御使的心腹。他日在战场上发生功用时即用不着再为关注。

徐承茵从军的目的在于建功，以便获得名位与柔福成亲，而且要愈快才好。现在他为幕僚，那不是问题之重点。只要他一心为防御使竭忠效命，将来奏功的时候不怕被埋没。而且他所谓军功也有一个广泛的含义，不仅是所谓斩首多少级。可是纵如是，至少也还是要与战事相连。目下金人已退至永定河北。要我大宋兵马劳师远征，那是不合实际，即陈进忠也已看出。既然如此则只有让金人卷土重来以皇都一带再作战场了。这是不是一个合适的想头呢？他徐承茵也眼见年初敌我在近郊交兵之后，各处疮痍未复。来往的文件尚且说及军民遗骸要全部掩埋，可见得还有若干未埋。如果此时敌骑又再度兵临城下，我方则不免再来一度坚壁清野。那么刚覆盖好的茅舍又要再成灰烬，乡民之余粮又是升斗无留，那又于心何忍？岂不是存此想望也是不仁之甚？然则徐承茵如何得建军功？又凭什么可以叮嘱柔福帝姬忍耐地等着？

转瞬已是春去夏来。有一日承茵从步兵营里练刀回来，他还吩咐陈进忠备水洗澡，这时已有吴总管来告。“徐副尉，”他喜气洋洋地说，“天大的好消息！皇上已任命我家大人为两河宣抚使，这是大帅的名位！凡是河东、河北的军事一概听他调度！我们不出三五日就要驻节于河阳，还要预备收纳各路调来的兵马，你赶紧把自己的事收拾妥当，我们一说开拔就要开拔！”

徐承茵在京里无甚私人之事，他所定制的一袭斗篷，要缝衣匠连夜赶工，他在修理的马靴，也要陈进忠即日取回。这些微屑之事都不足道。可是那宫中还有那淘气的小妮子，曾有山盟海誓，现在行军在即，怎能说毫无牵挂呢？有了上次的经验，他又不敢再递匿名诗，于是写了一封短缄，外称“送呈大内中侍大夫杜钧启”。内称：“卑职画学谕徐谨禀，祈代陈兰熏阁柔福殿下，职奉命随两河宣抚使李北行，今后有关《清明上河图》未尽之事，祈赐示河阳军门进勇副尉为祷，恭候尊安。”他料想此信息以军邮付出，应可由杜勋太监转至帝姬。即被截也不会惹出乱子。

又料不到他们离京赴河阳前夕有宫内小珰发送一封回信，内具芳笺，一看即是柔福的笔墨，内有《满江红》词，用下平麻韵写出：

山河带砺，面临着，暮雨朝霞。
怎奈得，地北风云，天际胡笳。
壮士有怀难报国，匈奴未靖不言家。
旦夕从戎投笔去，逐玉花。

涉易水，歌燕市；荷画戟，驾轻车。
黄芦出塞，度幕何顾星沙。
辞庙今朝序末班，奏凯明日冠京华。
凌烟自绘，匠意英姿，两无差。

承茵读着，手中仍执着柔福的梅花笺，眼睛则睇望窗沿，想象意中人作词的情景。本来《满江红》这一牌名，前人断句、押韵各有不同，甚至字句多寡也不一致，有些人即以为大可以由填词的人创意。但是这词牌内第三、第七两行须对仗，而且麻韵也缺乏转韵的字眼，所以不如想象的简单。只是以一个生长宫中的小女子，能写这样的文字，也至为不易。以“壮士”对“匈奴”，又不免令人发笑。文句仍多柔福喜爱的倒装法，有如“山河带砺”和“从戎投笔”，所以虽没有她上次那样“杍里”的签名，一看即知仍是出自她的手笔。又有接连三个仄声的文句，“怎奈得”“涉易水”和“荷画戟”，读来有“插、插、插”的感觉，一方面提供行军的情调，一方面她也表示获悉他从戎的情形，表示一意支持。她自己受唐诗的影响重，如“逐玉花”，典出于杜甫的《丹青行》，内有“先帝天马玉华骢”之句。“黄芦出塞”却仿王昌龄《塞上曲》内中“处处黄芦草”的描写，此外她读司马迁书必已留下深刻的记忆，不然“涉易水”“歌燕市”不能平白地道出。二者出自《史记·刺客列传》。“度幕”据诠释系横渡沙漠，又出自《匈奴列传》。这样看来她之景慕前人慷慨悲歌，与自己同，必定也在欣赏他的有志在军中建功立业。所以“辞庙今朝序末班”，还是职卑位微，“奏凯明日冠京华”却已出人头地了。而且全词最带创意的地方，还是最后一行。她知道徐承茵能作画，就鼓励他来日烟凌阁图功臣像的时候作自绘像，让他艺术家的造诣与年少军官飒爽的容貌互相印证，都趋上乘。这样看来，她深切地了解他自负气节，不愿以便宜的做法去赢得她天潢帝裔。

他虽不必一字一句如字面所说，渡易水，去度幕擒匈奴单于，总之……

当陈进忠捧着他的新斗篷入室的时候，他发现他的大爷在自言自语。他说的是：“总之，我只能有进无退。”

第十八章

靖康元年夏间是进勇副尉徐承茵生活之中最充沛着希望和最具有活力的一个阶段。因为河东将士拒绝交割三镇，与金人的战事已经重开。金人兵马全部由北至南，虽然陷朔、代各处，却攻太原而不能克，仍以一部围城，主力则继续南侵，远至潞州平阳府。大宋朝廷除令太原将士坚守城池之外，又让年初勤王的姚、种两军从河北通过娘子关山地，从东至西，进击对方进兵线路的中点，看来要将他们的后路截断。大将姚古与种师中彼此出自山西巨室，数代掌握着兵符，看来只有将士用命。即使他们只与对方打过平手，也仍有我方在河阳基地纠集的大军，足以撼金人之背。所以敌将劳师远征，只顾长驱直入，犯了兵家所忌。果然八月间我军捷报频传，凡太原之东之南，寿阳及榆次都已相当收复，围城则仍在坚守之中。

此时在河阳宣抚使公署的徐副尉，每日骑得一匹高头大马，腰配一把新制的军刀去接见各处先头派来的指挥头都，安排他们谒见主帅宣抚使李公的次序，指示他们部队来时应驻扎的区域。一方面也如李公所指示，先和他们厮混得熟，以作战场上联络的准备。他们见得徐承茵英姿飒爽，都以为他是军中宿任的年轻校尉，殊不知他仅在四个月前仍是一个在书中画里挣扎，两头都不讨好的文士。

那吴自诚总管，却洞悉徐承茵急于获得军功。他即此叮咛："你好生协助咱家大帅，让他旗开得胜，等到局势明朗的时候，则要大帅给你一个带兵官像指挥一类的头衔，那时候名正言顺，就容易向朝廷请赏了。"

承茵尚在怀疑："那兵部会得批准？"

"一切看前方情形而定，"吴总管肯定地回答，"要是太原站得住，把金人打个大败，那么什么兵部与枢密院也要让咱家大帅三分，要不然我就不知道了。"

这时候徐承茵全未做退败泄气的打算。尤其他在八月初随着李帅巡视怀州，见到各处制造战车、修葺城垣之后，他心中充满着喜气，甚想把一派看好的情景通知柔福，只是缺乏传递的门道。那通过杜太监的路线则仍是要留着作缓急之用。再回想来，他和她既有"恩情逾河岳，黾勉焉敢忘"的相知，那帝姬又已对他自己获取军功的打算全力支持，则暂时将好消息压着也未为非计，这样迟早还可以给她一场惊喜，岂不更好？她给他的一纸梅花笺，则只是看来看去，至难歇手。每一读至“辞庙今朝序末班，奏凯明日冠京华”时，总禁不住心头微笑，则十次二十次后依然如此。

只是战局的展开却偏出人意外，太原附近的攻防，我方终是先小胜后大败。以前很少人提及：那熙河经略姚古，我方大将之一，即是二月初在京城近郊被称好大喜功夜袭敌营兵败逃亡的姚平仲之父。他的儿子既被斥为轻举妄动，做父亲的则不得不特别谨慎将事。于是这次在太原之失利也就处在他姚古的拥兵自重，迟滞不前。另一大将河北制置使种师中则为老将种师道之弟，他的部下前在二月间金军北撤时曾经苦苦央求要在敌方无从防御时将他们在河岸歼灭，朝廷只是不允，指令不得放射一矢。现在半年之后，我方所处地形不利，反责成他们硬攻，再加以供养不继，因之也士无斗志。况且朝廷更不顾指挥系统，让大帅宣抚使有职无权，却派出一批监察官去干预到下属各指挥官之细处。种师中被逼着在友军逗留、士卒饥馁之际出阵，他气愤着前往，身中四创而殁，于是两军皆溃。徐承茵应当知道此情景。两年之前，陆澹园曾和他说及："打仗就是打士气。不是敌方先溃，就是我师败绩，如果不能先声夺人，只有兵败如山倒。"现在情况确是如此。

李宣抚使在河阳的基本部队本来只有一万二千人。原望各州各路的兵饷接济。至此兵也不来了，饷也不来了。如按以前的计划，太原固守，山西的野战占上风，河阳的宣抚使署不日召集得大军，皇都固若金汤，那又何患无兵？即是一州四五县，每县的团练一两万人，百万大军瞬息可以凑得，而且那时人人奋勇，个个争功。现在太原弃守不过迟早间事，京师侧门洞开，谁愿意为此破烂局面平白牺牲？于是尚在的士兵逃亡，原来已逃的为盗为匪，也不听召呼归队了。即像河北义勇都总管宗泽，可算一个特殊情形，因着他轻财爱士，手上能掌握着数万敢战之士，至此也只能以子弟兵的名目捍卫家乡。要是调离磁县相州一步也要临风瓦解了。

朝中原有不少的主和派，一向在叫嚷着不当以主战备战的声调激动金人；现在他们的声调更是高昂。也有人说及：言和早在进行之中，朝廷之派李伯纪为宣抚使，只不过是缓和主战派一时之计，其实各路和使已早络绎途中，不仅见及对方将领，也由陆路海道及于女真朝廷。在八月杪的一天，李宣抚使奉召返京，他在河阳的部署有如召集部队制造兵器立即停止。他和吴自诚、徐承茵带着各人的马弁仓皇就道。及至汴京，才知道他已改派为扬州知府，并且须星夜赴任，必于次晨离开汴京。

承茵只有随着主官前往扬州，不然还有何项出路？而且到此谁都知道他是李大人的心腹，即是他想另找门径也无去处了。他胸中的一桩要事则是通知柔福，希望获得她的谅解，也更要使她知道自己的下落。当他随着李大人去兵部销差的时候，他知道部里的驾部驿置案管军邮，就借着部里的纸笔写了一封短柬，希望仍能由老太监杜勋转达。总算他找到了管这事的吏目，可是那吏目朝着信柬上的名字直看，承茵还不知有何不妥之处，最后吏目才把信柬塞还给他手中，口内说着："此人已不在人间，中侍大夫已于两旬之前去世了。"

他又央得李大人的许可，午后告假，赶紧雇了一部驴车，奔赴五姐茂德帝姬宅。

只见得一切依旧，蔡驸马第的门首则有开封府派来的一班警卫把守，奉命不得让大门内外任何人传递消息，他们见得承茵一身军装，更是怀疑。他也不敢稍再逗留，只怕找出羁绊。及至回至丹凤门前市区，已是又饿又累，就顺便在附近的面店里叫了一碗鸡丝火腿汤面。吃罢正待付账，只见学士三人进入店中，其中二人乃是去年正月与李功敏同往南薰门里油饼店吃茶的太学生。他们也因承茵军官打扮，瞪望着半天，才走过来问着：“你不是年前讲《左传》的徐画学？”承茵称是。他也问及太学生：那直讲李功敏是否尚在斋舍？太学生等向左右张望了一遍才悄悄地说：“他已在逃。”原来春间太学生以陈东为首伏阙上书，要皇上重用李纲，罢斥李邦彦，曾产生风波，也打死宦官多人。事后陈东自请撤销太学生名位返里，刻下朝廷又再追究肇事生徒，直讲李功敏也不能免。三人中有一个太学生向徐承茵说起：“其实这事怪在李直讲身上，那才冤枉，他根本不赞成伏阙上书，还劝陈少阳不要去，只是大家都去，他也不得不去。现在连他也算作为首肇事之人，那就没有公道之可言。”徐承茵恐怕和他们谈论得多，又会再惹起是非，牵涉主官，只能推说有要事不能奉陪。那学生等又坚持要付承茵的餐费，承茵推托至三，再辞不脱，只好道谢叨光，将面价留在学生的账单上了。

回旅邸的途中他心中忖想：那宣和元年底他和陆、李一共三人以杭州府举子的身份来京会试早逾六载，倏忽将近七年。于今落得他们两人都为亡犯，自己虽逢主官被黜，比着他们却又远胜矣。可是自家心头烦恼，也为他们所无。

及至脚店，陈进忠向前报告。他说："大爷，大帅吩咐，明日一早上船他要你着布袍，不用军装。你的腰刀也可以留在京里，不要携去。"

"我知道了，"他回答，"陈进忠，你今后不要'大帅、大帅'的。你称李大人'知府老爷'好了。"

第十九章

李纲一直没有做得上扬州知府，他们的船到高邮即有两淮镇抚使派来的将校登船，说是奉旨李纲主战议，丧师废财，责授保静军节度副使，建昌军安置。那么他们一行应往江州报到。及至湖口县，又奉命改派潭州。潭州即古之长沙，历来即是屈原、贾谊等忠臣被流放的地方，也素负“长沙卑湿”之名，近人则说潭州之南为衡州，衡州之南为郴州，郴州之南为韶州，一经谪放到此等地方，总是继续追放；越是往南，愈难得脱身。而且此时吴自诚与徐承茵还害怕或有来历不明之人谋害李公。近来有不少被朝廷贬斥人士，总是“遇盗被害”，也不知道是上峰示意，还是下属借此邀功，总之即是在无人关注时死得不明不白。李大人既在朝中独树一帜，准备对他下毒手的也必有人。吴、徐等又未能带得兵器，只得和各马弁每夜携得竹杖木梃之类在李公卧房外轮值，以防意外。幸亏荆湖南路招讨使岑良胜对李大人素来仰慕倒是真心袒护。而且李原任两河宣抚使的时候，曾呈请给发银钱绢各百万，到头只领得二十万，当他们在九月应召回汴京时即将支付殆尽。现在李公虽然不是全然两袖清风，可是也存储有限。目前徐承茵和吴总管又赖他接济，领得的生活费也只有原来的半薪，所以也总是行囊羞涩，理当不复被人觊觎。只是此等事总是难于预料，仍旧不得不谨慎防范。承茵夜间失去睡眠，白昼也甚难弥补，又无法散心，所以至为抑郁。

至此他不能骑马操兵，也对绘画一事失去兴趣。那么还有何等事可做？他发现只有重新习练大字。那湖南的毛边纸价廉物美，虽比不上宣纸，用写大字还是得心应手。他每日叫陈进忠，替他磨得一砚好墨，因为心头惦念柔福，就常写“壮士有怀难抱国，匈奴未靖不言家”的十四字对联。有一日李公伯纪发现，即加告诫：“徐承茵！人家刚说我们一心主战，丧师废财，现在你在谪居闭门思过的情形下又写这样的对联发牢骚，人家还说我李纲主使，要是给他们报到京里去了，恐怕我们遣派到郴州还不够数，一定要前往雷州、琼州！”

承茵立时将所写字撕毁，可是他见着李公自己的心情也在改变，有时他在室内踱着吟诗，吟的是王荆公的《咏商鞅诗》："自古驱民在信诚，一言为重百金轻。今人未可轻商鞅，商鞅能令政必行！"

太原被攻陷之后，已有南方的将校由山西逃回。有一日两个这样的将校谒见李公，据他们说：金人攻城的炮架和辎重车辆每架每辆罩着木制屋顶，上用生牛皮和铁叶覆盖。人在掩盖下推行，通常几百人推行一座。攻城的车辆状似鹅形，也是全面覆盖，士卒攀登城垣时才由鹅颈内爬出。既是填塞城下壕沟，也是动员兵夫以千计，全是汉人，所用柴薪也是征发而来。他们去后，晚餐时李大人与承茵和自诚二人说起："我们越是迟疑不决，只有对方的坐大！我们一个主将，要受几十个文臣监督指摘，他们的一个行军元帅就是一个小皇帝，这样子我们又如何敌得过他们！试问在这种情形之下没有功业又如何施仁义！"

只有吴自诚还是坚信皇上必然会重用"咱家大帅"。他私下和承茵说起皇上曾将《唐书》里的《裴度传》一字一句地手抄一遍赏赐咱家大帅，要不是他有心叮嘱咱家大帅任劳任怨，他不会将全文一万二千字一笔一画地照抄得出来。承茵也记得茂德帝姬曾和他说过"为君难"。不过若是真个如此，连皇上自己都不能一言九鼎地对和战决策，还要叮嘱自己亲信的大臣忍气支吾，那也就表示当前的局面难于收拾了。

十一月间，朝廷内尚在争辩在何程度之内可以割地及如何予金主尊号不致伤国体时，敌将斡离不又已率部渡过黄河。有一日徐承茵接到招讨使署送来的一件文书，他只推说此不过书画局里绘图未尽的琐事，心中却已猜透来件必出自柔福。果然私下拆开一看，内中更有一个小信封，装着帝姬的手笺。这次她所写的则为《西江月》词。文为：

汉地烟尘在北，
为何遣戍南荒？
别来音问久渺茫，
思君露染征裳。

九嶷山里深处，
洞庭湖岸近旁，
遥望着女英娥皇，
泪随斑竹留芳！

他一看就知道“汉地烟尘在北”出自高适的《燕歌行》。原文为“汉家烟尘在西北”，只省改了一二字。其他也不待多解释，娥皇女英为帝尧之二女，嫁与帝舜为后为妃。历来是先娥皇后女英，现因押韵将次序颠倒，也将就了柔福一向行文的惯例。她们在湘江沿岸寻夫不得，泪洒竹枝成斑点，世称“湘妃竹”。因此这词字的婉转凄怆为她以前的笔墨所无。她既已打听出来他目下身在潭州，必然也知道他在陪着李纲大人被谴放，因此才有“遣戍南荒”的字句。她也关心他可能因此吃苦，所以才提出“露染征裳”。再有“泪随斑竹留芳”表示着命途多舛，无计可施。这一切忧怨焦虑，都不像她柔福一向好强自信的态度。因此承茵读罢纳闷，更因无法递送回书而格外地懊丧。至此连李大人也感觉到承茵心神失常，连问是否京中来信有大不好之事。承茵只得推说书画局里的同事因着烽火再兴而焦急，他自己则爱莫能助，也不免为之神伤。

好容易挨至月底李纲接到皇上的蜡书，命他率领潭州兵马勤王。李公与岑招讨使商量，先抽派三千五百人，使李帅不日启程。承茵与吴自诚也换上了原来藏在行囊里的军装，又经招讨使署发给各人的军刀与马匹。承茵也仍挂着进勇副尉的头衔，连日与先行的指挥都头接触，也询察所携带的供应与派给的船只，此时大家心头欢喜。这支荆湖义军人数虽少，却是主帅的亲兵。

而正在这忙得不可分交的当头，徐承茵接到一封家书，信系小妹苏青所写，说是父亲病重，要他回家。

他一时又急又恼，真恨不得像屈原一样，立时跳到汨罗江里去，此时距队伍启碇开拔尚有三天。他决心先不声响，尽力先替李公将各事安置妥当，直到临行前夕，才将家信呈给李帅观看，请他决定何去何从。

到头他倒免了这周折。原来这封称父病的家书由董同兴刀剪店转达。董家总店开在杭州府城内，与潭州分店的来往信件却并不十分频繁。承茵接信时去苏青递信已近一个整月。三日之后他又接到一封来信，信由福盛绸庄转，在路上倒只走了八天。这封书信由陆澹园执笔，说是顾及刻下大势，已与苏青提早成婚，暂时仍住在岳父徐家大屋里。承茵猜想，大概余杭县的县令还是有文书要逮捕他，他还是要继续躲过一段风声，所以暂时不惜为徐家赘婿。要在平时他自己少不得一场议论，现在则是木已成舟。况且他信内又说及岳父的病看好，他也知道姻兄公务繁重，如果事忙倒不必牵挂，他和苏青大可应付。看到这里他已经松了一口气，只好更相信各人之事早由命中安排。他自此也更用不着为家中之事过度担心。

闰十一月，这支勤王军到达武昌，只因连日风雪，大帅还在与各将领商议是否应走近路登陆，还是由水道多省一部人力，绕过大别山后才走陆道不迟。此时已有兵部快报至驿站，说是京师已被金人攻下，皇上与太上皇一道蒙尘。这消息来得如是突然，自主帅至士卒都瞪眼咋舌不知所措，各人也在水次徘徊，全没有了主张。直到午后逼近黄昏才有当地驿丞问得明白船中尚有李纲大人伯纪在，他就亲来呈上一封书信，据说信到驿站已两日，只是昨前两日尚无从探询得李公行止。发信人则为康王构。原来康王自金营脱走之后已奉旨在济州开大元帅府。现在局势如斯，他准备不日南来主持大局。他要李伯纪先往江宁府待命。

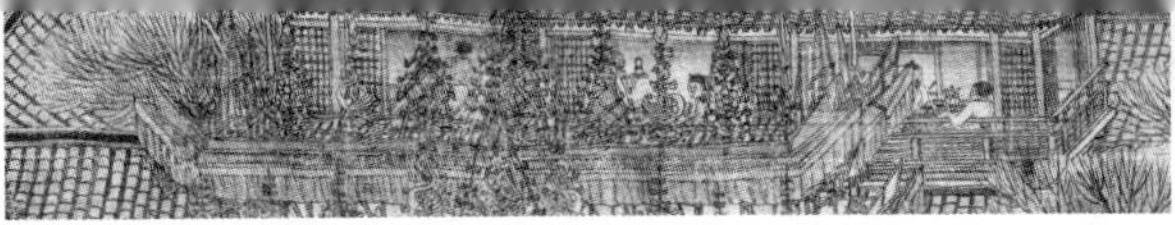

第二十章

范翰笙又清出一张画稿，他用手轻轻地抚平纸上的折角。嘴里却说："这班金人做事真不含糊。他们不动手时什么都不动手。一下毒手即使你无噍类！"

承茵听到这里，已经对他所说的失去了切身的感应。他已经迟来了两个多月，他希望这两个多月的经历只是一场梦寐。所以他承望着将此时此刻一概摈放于现实之外。他恨不得即时就是明天。他可以仓皇就道，重新与现实接触。

他后悔当初不应当随着李纲大人离开汴京。要是他早知道张翰林学士会在围城之前弃官逃返东武原籍，那他则早可以接受五姐茂德帝姬的建议，将他画图的工作，取而代之。也用不着挂虑是否不仁不义，自己所画是优是劣，只是在太上皇退位之前，取得官阶，与柔福成亲再说。要是如此，那他徐承茵自己早可以免去了"遣戍南荒"和"露染征裳"等节，自己心爱之人也不至于写“泪随斑竹留芳”的涕泣之词了。

可是这一切都是前年端午前后之事。从前年五月到今年之初，还有一段很长的时间，即是自己投笔从戎，随着李纲大人去河阳军前，被任为进勇副尉，当中仍有很多机缘可以放弃世俗的拘束争取主动。即算随着主将被谪放潭州，以后举着蜡书勤王，徐承茵始终没有失去一向的自信。他记着自己对柔福说的“但教心似金钿坚，天上人间会相见”的誓约。当初他对她说的“圣代即今多雨露，暂时分手莫踌躇”虽系因袭前人的文句，也确出于衷心的信仰。对布衣徐承茵讲，只要赵柔福以天潢帝裔之尊，对他自己一往情深，则好事纵多磨，困局没有不能打开的道理。

事实的发展却逼着他由怀疑而转向于失望。本来任何情景下的两地相思也耐不住经年屡月的隔绝。他和柔福既然无从鱼雁频传地保持接触，他自己的一股胸头喜气也只能壅塞着而不能在人前声张。所以他替他两人所描画的灿烂前景，一向偏由内心的意志力做主，缺乏外间条件的支持。一旦情况恶化，那孤立着内在的信心，到底敌不住现实的折磨，而更感觉得没有凭借了。

新年前他徐承茵随军在武昌城下得获汴京被攻下的消息，已经觉得心神无主。而主帅李纲大人，接到康王构的密缄之后，虽则放弃了北上勤王的计划，却没有立即遵奉康王指示，率军径往江宁府的打算；他只率领着从潭州带来的兵马在江上徘徊。原来过去一年多朝廷既是不战不和，却又要战要和，主持大局的人动辄得咎，各地方官更是不知何去何从。加上征兵派饷的诏令迭下，各府尹县令既不敢怠慢了朝廷，又害怕催逼得过紧激成民变。及至国都失陷各人的安全更没有了保障，于是大家都控制着手下的资源不放，大宋帝国实际已在旦夕之间瓦解。他李纲大人固然是忠毅之士，热血汉子，却也不能不顾现实。他带着潭州来的三千五百人马，原来各人以为主帅既有皇上的蜡书，经行各地，到处有地方官的承应，军饷粮秣固无问题，即是人员马匹也可能一路增添，各将校军士尚可能晋级升官。现在这类希望既成泡影，如果他率领兵众骤往一个疏生地方，当地官员接头不得，或是不肯买账，那他手下三千五百人嗷嗷待哺，不是随时可以变生肘腋？事实上大江南北，类似的变乱都已发生。好的地方各府尹县令拥兵自卫，原来的团练更名正言顺地成为了地方武力，他们自己不离开自己的疆域，也不许客兵过境。坏的地方只有县官在逃，军士哗变，为盗为匪的情形已经业见迭出了。

承茵仔细观察，李大人倒是有意前往江宁府，但是他一路缓进稳扎。他用着避风雪为名，每日只让各舟船解缆航行三五十里，经行蕲州、广济、江州各处都用着勤王的名义向州县索要粮秣，也仍离不了将兵船寄碇城下，带着半逼半劝的态势，使一行舱中的积蓄日益增多。他也尽量利用各地军邮设法与康王联络。自己则往来于各船只之间，不时与潭州来的将校饮酒聚餐，以固结人心。

他们沿江而下，处处不乏名胜古迹，有如经过刘禹锡吟诵的西塞山和白居易在浔阳江头的送客亭。可是承茵一心记挂柔福帝姬，无心欣赏。尤其记起当年在蔡驸马家中因提及白香山而两人开始定情，至此只更增加心头的忧郁。

有一日船泊近于大江北岸，他触想到古人放荡襟怀的行迹，自忖何不也效法前人，来一段舍舟登陆，月夜之中只向开封府单骑驰骋而去，以便与心爱人团圆？可是眼前即有百来尺的芦苇水沼，又如何得登彼岸？况且自己囊空如洗，难道千里征途路上的酒店客栈全由不计钱财的义士招待？他也知道横阻前途的即有股匪二起：左为李成、右系张用，他们也都因官军欠饷而坐大。他徐承茵果真有胆识，可以凭三寸不烂之舌将他们劝服，使他们能去顺效逆，各大小喽啰立即宰猪屠牛的祭天，并且随着他进军汴京勤王？徐承茵心头苦笑，也真是不到事端不知实，可见得前人所称奇事奇人，大部系文人凭空捏造。即纵有其事其人，当中也必仍有纵横曲折，绝不如传说之简单。要是他徐承茵果真被李成、张用等人掳获如何结局？难道他们不会解除他的军刀，脱下他的皮靴，将他沉尸江底？

又数日去荻港不远，他在船舷张望，即景成诗一首：

艨舫相聚在渚边，荻港姚沟淡若眠。
频年踯躅成梦幻，几度驰驱付尘烟。
寄身荆楚已非策，跃马幽并总无缘！
思卿虑君日已短，逝水东流向云天。

吟罢他退返船舱寻出纸笔用正楷誊出。只是船因江上晚潮而颠簸不已，写下来笔画参差，看来已不顺眼。原来他想把此诗混入军邮之中，侥幸的或者可以送至宫中兰薰阁柔福处，所以诗中称“思卿虑君”以道相思之苦。可是现在皇都已经金人掌握，他的诗中提及“跃马幽并”已是不妥。及至想到将此句删去重写，则更觉悟到全诗意态消沉。本来此七律至难送至柔福处，现在看来果真送达也不能给她任何好处，只有表示自己的低能与无志向无主意。想来想去，他只有将这一纸书笺，搓作一团，用力地向船舷外掷去，真的让它“逝水东流向云天”了。

至此他已领悟到自己与柔福不仅婚姻无望，而且来世今生要见一面也是为难。想罢无限地惆怅。那夜他辗转反侧，只是不能成眠。及至凌晨，刚一闭目即梦见柔福披发跣足地被人拖去和番。她口称，“徐学谕救我，不要把我画作王昭君！”他自己使劲追赶前去，却是追赶不上，口内想呼称：“我徐承茵在此！”也叫不出声，只在仓促之中跌倒在地，扑通有声。然来这梦情是假，跌倒是真。那夜他没有用船舱上床边的护身板，船受潮倾侧，他随着倒地。何以梦情会与实事连缀一起，承茵百思不得其解，心中更只觉得蹊跷。所幸船上胡床高度有限，跌倒并未酿成巨灾。

徐承茵志气消沉已为主帅窥见。有一日他屏去左右，独召承茵至他舱中赐坐，两人促膝交谈。承茵以前没有留意，李大人风采依旧，谈笑也如往日的怡然自若，可是从额间发鬓上看去，这半年以来到底也衰老许多。

“徐副尉，”李帅首先指出，“你这些日子气色颓丧。年轻人不当如此。我们纵是忧君怀国，纵处逆境，仍旧要记着‘君子坦荡荡，小人长戚戚’的至圣名言。

不然如何能障百川而东之，扶狂澜于既倒？”

“是的，帅爷。”承茵喃喃地答应着。他原想李公询及私情，即打算将自己与柔福帝姬的一段交往据实吐出。现在李公只以君国社稷为重，责成他扭转乾坤，那他徐承茵也不便因私事而置喙了。

李公问着：“你知道我这番部署的用意吗？”

承茵回答：“大家都说主帅的策略是缓进稳扎，先声夺人。”

那李纲面带微笑。他对部下的观察点头认可，接着也再加解释：“我们已逼近一个治世与乱世难辨难分的关头，此中有一个谁也不服谁的态势。我只怕处理得不好，把表面上平静的局面打破，以后更不容易收拾。康王元帅要我先将金陵一带收检过来，作他南来的基础，此事并不甚难，但是要做得爽快利落，不生事端。你徐承茵熟读《孙子兵法》，《兵势篇》有一个八字秘诀，你想还记得？”

承茵不假思索地回答：“求之于势，不责于人。”他接着又解说：“吴总管说帅爷已传出消息，你在江上等候后续部队，所以江右那些正牌杂牌预先已知道帅爷以雷霆万钧之势前来坐镇，他们不能不归顺。”

“吴自诚这样说的吗？他的话头太多了。”李公不经意地谴责，但是看他的表情，他还是在含笑嘉许，

“你们说我缓进稳扎，我不能操之过急。我在舟船上多积粮草，也是顺着《孙子》‘先为不可胜，以待敌之可胜’的原则。”

他并且解释此中的“敌”不一定是真正的敌人。凡是意态犹疑不怀好意的分子，都应当视作假想敌看待。他自已固然不能操之过急，不过缓进稳扎也有一定的限度，现在声势业已造成。明天起这整个船队将张帆疾行，他预定后天一早到江宁府，这才叫作“先声夺人”。

这时主帅再吩咐他的幕僚：这批潭州兵马一到江宁府，立即驻扎江边，所有的船舶并不立即遣散，仍归吴自诚总管掌握，构成一个水上兵站。他将以防御使的旧头衔招致当地文武进谒，并且随即要徐承茵跟着他到各处视察。既然是“求之于势，不责于人”，他们也不多带兵弁。如果被一团卫士簇拥，反使人家看轻他李某个人的威望。至此李大人用食指指点：“你徐承茵只要把你在河阳那一种派头表现出来，我们就没有问题了。”

听到这里，徐承茵知道此番任务不乏冒险造势的成分，因之挺起胸膛，额外地正襟危坐。李大人眼见训诲奏效，他又带笑再加指责：“所以从今天起，你要彻底扫除愁眉苦脸的晦气。要不然我只有用关禁闭的办法，将你锁在船舱里。”

看来这也仍是李帅激将之计，承茵禁不住跟着微笑。

李帅的好消息还留在后头，他就此讲解：“古人说‘先安内而后攘外’，这话是不会错的。只要我大宋军民团结一致，那蛮夷戎狄又何足畏？他们纵狼奔豕突，最多也纠集不到十万骑，而我们则百万大军瞬息可至。你知道怎么样的？现在虽然京城失陷，皇上与上皇蒙尘，只要我们大宋矢志成为一只百节之虫，至死不僵，他们金人仍旧不敢造次。他们一听得我们在南方有整备，大家都枕戈待旦，他们也不得不收敛行迹。我已经有了从汴京来的汇报：今年元旦我们固然派人向他们道贺，而他们敌营也仍派员向皇上和上皇答礼。这样看来，解京城之围不一定要北上勤王。康王大元帅的计谋也是如此：他目前手下兵马也仍不过一万两万。如果立即进兵开封也仍是以卵击石，所以他打算由相州至济州，经宿州转扬州，一路偏东向南地发展，收集各处团练义勇，将来根基一固，也仍即以不战而屈人之兵。”

经过这次元月的训诲，徐承茵果然抖擞精神。他知道所谓建军功有一个广泛的含义，要真的不战而屈人之兵，那他跟随着李帅来往驰骋也可以算作汗马功劳，也仍可以倚之与柔福成亲的机缘接近。

这样一来，他又随着李纲大人在建康城里一住月余。白下街的一所官厅稍加修葺，成为了防御使的帅府，徐承茵的官衔也由副尉晋为校尉，陈进忠也随着水涨船高，补为一等骁骑，可以在马缨上挂红。不时承茵仍跟随着李帅巡视各处，初在城内，次往近郊，终远至句容、溧水等处。所检阅过的团练即编组成军，远近各处钱粮也扫数解帅府库房，以便集中分配。这样子朝夕不懈，只忙到二月中旬才称各事底定。至此徐承茵胸中有了六七分把握，他鼓足余勇，持着柔福前后给他的三首情诗，一在深宫怀念在江南的他，一鼓励他建功边圉，一埋怨他与李公同被谪放，前往请防御使给假，让他随带陈进忠前往汴京俟机邀接帝姬南来。

李纲一看柔福帝姬的诗笺，当然受感动。并且一想及徐校尉承茵随着自己南北奔波，夜晚值勤侍卫，在危难的关头禁口不提私情各节，至此他没有再不成全的道理。于是他当场批准：徐承茵给假两月，准带随身马弁往京，过去所欠薪给全部补足，另赐白银一百两，彩缎二匹，在南京防御使的特别费内开支，还连夜亲笔写了一封呈皇上的密奏，托着进勇校尉带去东京。他叮嘱承茵早去早回，自己则以能任用皇亲驸马为近身幕僚为荣。徐承茵还说只是造次地向皇妹求婚，李纲看来，却是木已成舟，仅是柔福帝姬的三首情诗，也已是国朝佳话，他李某也因着“汉地烟尘在北，为何遣戍南荒”而跟随着闻名千古了。

所以徐承茵心头欢喜，他一路胡思乱想，把自己立家、省亲，请求皇上给妹夫陆澹园、好友李功敏特赦，为五姐茂德帝姬关注（他还记着自己老早就称她为“好姐姐”），都翻来覆去地想过。只是旅途一路风雪，南来避难的人口众多。他和陈进忠在路上一走就是二十多天。

及至来到陈留县，距此至汴京只一日行程。他听人说及金人已在三日之前北撤，他更是高兴，心想果真不战而屈人之兵，皇上开怀，所请不会不准。次日又至兴隆庄，当地有一所碑亭，上书“皇都在望”四字，所以路人称为“在望亭”。这里所得的消息却非常地突兀。原来金人北撤的消息是真，他们去时却将当今皇上、太上皇、六宫妃嫔、皇子、帝姬以及皇亲国戚也一并掳去北行。徐承茵还以为这是传闻失实。金人纵无理也不可能把皇室几千人扫数掳去。要是果真如此，那皇孙妃嫔等，他们生平举步不离车轿，又如何能叫他们仆仆征途地北去？好在入京在即，不久他当询及究竟。

他们从陈州门进得城来。入京第一个印象即是城内外骡马全部绝迹。城门口及街头军士都戴赭红色臂章，上有白色“楚”字。人人如是。他和陈进忠无此标帜反为人注目。他们好容易寻到一家脚店安身，就便问及时下物价，才得悉一般都已翻了一番。

原来路上听说金人劫驾将皇上、上皇掳去的消息是真的。

这班金人将太上皇和当今皇上全部宫闱又并皇亲国戚一共三千多人，合用各色骡车七百余辆全部劫持而去。此中详情，已为都人共见。因为二月下旬以来金人即拼合着开封府的降人在城里造册子，街坊上五家联保，不得藏匿金银、隐蔽皇室，违者处斩。临去之前，他们又封曾在他们营里当过人质的少宰张邦昌为南朝皇帝，国号大楚，以赭红为服色，这是刻下军兵所戴臂章的由来。

徐承茵来去打听，他极想知道柔福是否有逃脱潜匿的可能，最后得悉只有一个老太监众人称为骆宾公公的，与开封府的官员有交往。于是他将南来带着的彩缎刻下无其他用途，外并白银十两，当作门仪，去曹门后街求见此人。所得的也仍是失望。这老太监也在赞赏金人做事有条理。他说赵家皇室总共只有三人得脱。一为康王构，宫中称为九哥的，往岁派往金营当人质，因为他不肯低声下气，金人不要他，责成他南回与另外一位亲王交换，因此路上得脱。还有一位则为哲宗的元祐皇后，曾被朝中废为庶人，现居相国寺后街，开封府也因为她具庶人身份，免列名册内。还有一位则为恭福帝姬，她还不满周岁，为宫人藏匿。“除了这三位之外，赵家天子的血亲全给他们载运到北方去了。”

但是骆宾公公到底也给徐承茵一个重要的消息：金人北撤之前将开封府的檐子、骡车搜刮一空，去时却分为两路：皇上、皇后、妃嫔、太子和宗室由南薰门出西行，他们拟过郑州后折北。太上皇与亲王、皇孙、驸马和各帝姬则径由封丘门北行。

所以徐承茵想追及柔福，他只有出北门。

这时候陈进忠说：“要去也只能明日动身。大爷，咱们人吃得住，这牲口吃不消的呀！”

徐承茵一入汴京知道赵柔福已被金人掳去，他一身已冷去半截，只觉得四肢乏力。他知道此时如不积极振作，可能立即瘫痪下来。他往北追逐的决心，也出于这时的无奈。他是否能追及金人的行列，追及又如何应付，他全没有把握。心里只想他与柔福愈接近愈好，以后只能按情景再做计较。

他看到陈进忠一脸愚憨的样子，也免不了胸中的矛盾。他的马弁提出了两项要求：他们为着自己的安全，也应当戴赭色臂章。这两匹马都各有蹄铁待换，北上一切都在未知之数，至少也应预备一点干粮水草。当进忠诉说得使他无地自容时，他不觉怒气发作："陈进忠，我知道你不愿去！那你也用不着找借口。这样好了，我一个人去！你明天独自回江宁府去向帅府里销差！"

说完他立即想到果真自己匹马单身地往来于大河南北，又免不得心寒。再一想来自己也没有强迫陈进忠和他一道北去的理由。他们一道上汴京，自己靴里有了李公呈皇上的密奏，还勉强可以说得公事缠身。现在皇上已往另一条道路，他自己也更没有理由令此忠仆随着他冒此不必要之险，径往北行。

他还在踌躇，那陈进忠却张开大嘴带笑说："大爷到哪里去，咱也到哪里去！咱家行伍粗人，靠大爷做主，用不着自家销差不销差的！"

徐承茵当时如释重荷，他感激得几乎要与他的马弁和忠仆跪下来一同结拜金兰。他的感激没有见诸颜色和言辞，但是他已答应了进忠的要求。他们往附近的裁缝店买来了两幅"楚"字臂章。这不是奉金人为正朔了吗？他再一想及如果追及北上的车列，他们也少不了这臂章作护身符，什么奉正朔不奉正朔，且到那时再讲。他也同意让陈进忠将两匹坐骑周身刷擦一阵，该换蹄铁的换过蹄铁，又给他碎银约五两，让他采办给养，准备明日成行。自己则仍不能空着无事，所以他只身步行到书画局，指望找到旧日同事，也继续打听消息。至此才发觉局里的人员早已避走一空，独有范翰笙在。一经询及才知道，张翰林学士一直没有领到他的犒赏，只在围城之前逃返东武县。而翰笙也并不是因为关心工作而到局，他不过收捡画稿，作自己日后营生之计的打算。

初时徐承茵还因为自己戴着赭色臂章而感到尴尬。他急忙解说，他自己只怕城中人误以他为逃兵或逃官而生事端，所以戴上这“楚”字臂章为在京权宜之计，其实局势如斯，他自己已决心解甲归田。那范翰笙听得正中下怀。他用手轻拍着故人的肩膀，嘴里说：“承茵兄，解甲不一定要归田！你如果不嫌弃的话，和我一同到舍下去。我家在渠州邻山郡，又有登高山和华蓥山，是一个不当冲要的地方，避难的良好场所。况且又有渠江通嘉陵而达大江，进去不容易，出来却不甚难，你就和我住过他一年两载，躲过目下这段风波再讲！”

他看着故人的赭色臂章接着又说：“我看这大楚也搞不出什么名堂。他们都说张邦昌人微言轻，自知当不住九五之尊，他唯一的出路是替元祐皇后平反，再让元祐以太后的资格下敕，立康王为帝。他们还说靖康元年就包含着‘十二月，立康王’的六字暗语，这听来也是蹊跷。岂有大金立大楚，大楚又使大宋太后复辟，回头再让大宋中兴的道理？所以迟早之间南朝搞不出什么名堂，金人还要卷土重来。我们避过这场灾难再说！”

可是他的建议，却并不只是邀故人到他家里作食客，而是要承茵帮他重画《清明上河图》出卖。“画他个十幅八幅”，“这画幅早已闻名遐迩，也不怕没有买主”！

徐承茵虽在十分苦恼之中，仍禁不住心头暗笑。他前年曾一度忖量重画《清明上河图》，也曾计量过用范翰笙为助手。现在翰笙却建议聘他自己为助手。这时候他也不便将自己北去追踪金人车列的计划托出。他还想在范翰笙口中得悉一些关于金人的情节，于是他没有一口回绝他的建议，只勉强地挣扎着说：“让我想一想再说——”稍一停顿之后，他继续着说：“你刚才还说千万不要以为这批金人不过是蛮荒之野人——”于是范翰笙一面清理桌上的画稿，一面叙述着过去三个月来乾坤颠倒河山变色的经过。

要概括汴京失守，皇上蒙尘的经过并不甚难。范翰笙的建议乃是凡事都向它最坏的出处想去，想到不能再坏的场合里又猛忍着再加他三四分，那就逼近实际情形了。

比如说金人兵临城下三十一天，当时攻城不下，竟还遣人来借粮，朝廷也不能决定与或不与。又譬如说，两方坚持不下时，我方出现一个妖人郭京，自称只要给他七千七百七十九人，他能以“六甲法”去敌。而当局也真让他施行。那天城楼上的兵士撤去，大开宣化门，郭京在作法时遁去，宣化门则在当日失守。围城虽有三十一天，实际作战却只有七天，金人攻城器械如炮架、鹅车、云梯都在近郊临时制造。要真是内外夹攻，那敌方又何能招架？但是我方进攻的部队不是履冰覆顶，则是见及对方骁骑不战先溃，神臂弓也不能奏效，有了这么多的缺点，还想转败为胜也是缘木而求鱼了。

作战时两方兵力多少？我方的防军，原称卫士三万，恐怕实际一万人不到。各地勤王军开至汴京的则始终只有张叔夜的一军，也称三万人，实际数目则无人知晓。金兵人数也始终不明。但是闰十一月初一我军出击动员一万人，敌将斡离不只能以五千人对付，也可见其梗概了。即是后来粘罕的一军从山西开到增援，恐怕其总数仍不出五万，内中尚有众多的辽人与汉人。只是我方人心已去。年前第一次攻城战时，各地勤王军都吃力而不讨好，又是和战不决，敌人负隅时则不准发矢石，这次远近援兵都不来了。我方重镇像西京与郑州都不战而拱敌手，即真定洛口也只稍稍抵抗即告沦陷。黄河不守，各处军民仇杀的案件常有，围城时奸商背粜，这类情形重见迭出，而不是单独发生的事项。

"承茵兄，"翰笙放下手中画稿对着徐承茵说，"你说你家帅爷建功之后得罪于朝廷，说他李纲主战议丧师废财。其实整个朝政与人事又何尝不是如此？当初既称蔡京、王黼、童贯为奸臣，将他们一家一户处死害死，却又在最后关头发下诏书，要重用他们所荐之人。当初把主战的人士流放，包括你家帅爷在内。一到情势危急，又到处送蜡书。以后这类蜡书大都被金人截获，他们更看透朝廷的虚实……"

听到这里，徐承茵插入一句："我们在南方只听说金人虽取得东京，他们对皇室仍旧尊敬。今年元旦他们也仍向皇上和太上皇道贺。"

范翰笙面上一阵苦笑。"这才是金人厉害的地方了。所以我说他们不动手时一切全部都不动手，一下毒手即使你无噍类！"

据他所说两国交兵，一方把对方的国都攻陷，当初保持着对等国家之常礼，元旦互派使节来往都是真情。但是暗中他们已在一步逼一步，将管制加紧。他们首先指定皇上和上皇脱离宫廷，移居青城。青城在南薰门外五里，为皇上向上苍祈祷的场所，历来只有布幔，至太上皇时才用砖瓦筑为房舍。迁居之后，二帝失去了在宫廷里吩咐百官的权威，而且又逼近他们金人扎兵的地方，从此纵有勤王军他们也无法救驾。次一步，他们利用二圣的名义，诏令都人缴纳金银，军民停止抵抗。更次之，他们挟两帝亲至金营，谒见斡离不和粘罕二帅，可是见面时，他们尚且说及自古有北即有南，有南即有北，好像他们无意倾覆大宋社稷，将来仍可以保全两国邦交，纵有积怨也仍可以用割地赔款和互派人质的方式解决。可是日子一久，进一步的逼迫也来了。凡是指令开封府尹叫人民不得藏匿皇族，各门户互具五家联结，对仗义执言的人士当场打死的事态也做得出来了。又一直等到金银交足，皇室也清查得人数无缺，各地勤王的风气早已烟消云散，他们才勒令皇上作降书。这降书一递呈给金主，他即名正言顺地废二帝为庶人，当场逼着更衣，不两日就差发着北行。

“整个皇室被架劫不算，”翰笙接着道出，“他们也掳去内外名臣如张叔夜、秦桧等，即是秘书省的臣僚，宫廷内手艺高超的官匠，甚至街坊上出色的妓女都不得免。”

他们又将宫中车辂、卤簿、冠服、礼器、法物、大乐、教坊乐器、八宝、九鼎、圭璧、浑天仪、铜人、刻漏、库藏、天下图籍、秘馆文书也一并掳去。说到这里，他又带讥讽似的加一句：“连咱们翰林学士主持，你我襄助画出的《清明上河图》一并在内。只不知道是正本还是副本……”

承茵感到惊愕：“这图还有一幅整个的副本？”

“哦，”翰笙解释，“我忘记告诉你，当你调到集贤院为著作佐郎之后，翰林学士又画了一幅整幅副本。缘由为画中十字街头有一个轿前进汤的侍女，原图全身长裙宫装，有贵妇模样，听说是大珰杜勋所喜。另外一个大宦官称为隐相梁师成的看来却不如意，他又引用皇上的名义，指令张学士整幅重画。除了这侍女之外还有十千脚店门前的一匹马，马脚摆放的位置也不同。后来正副两本都呈上去了。我们只知道乱兵焚梁师成宅，一幅被焚，另一幅则给金人掳去，也不知道哪一幅是哪一幅。好在现在正副两本都已流失，张翰林学士又已心灰意懒，只望回籍家居不闻问此事。现在只有你我两人收集到旧日画稿，再凭记忆之所及，可能重新画出。所以今日老兄驾到，实为天赐良缘……”

承茵忖想，这样看来，范翰笙尚不知道柔福当日要扮作轿前侍女的底细。只是这等细节也可能在朝内宦官之中发生争执，也怪不得整个大宋朝廷不能共亿了。什么是天赐良缘？推而论之，什么又是国朝佳话，如何闻名千古？他只感到一阵恶心。

他抬头瞻望窗前，外面又是一阵急雨。他担心的是明日的征途。

第二十一章 尾声

《宋史》卷二百四十八有下列的记载：

右三十四帝姬，早亡者十四人，余皆北迁。独恭福帝姬生才周岁，金人不知，故不行。建炎三年薨，封隋国公主。

安德帝姬有遗女一人，后适嗣秀王伯圭，封秦国夫人。

荣德帝姬至燕京，驸马曹晟卒，改适习古国王。绍兴中，有商人妻易氏者，在刘超军中见内人言宫禁事，遂自称荣德帝姬。镇抚使解潜送至行在，遣内夫人验之，诈。付大理寺，狱成，诏杖死。

又有开封尼李静善者，内人言其貌似柔福，静善即自称柔福。蕲州兵马钤辖韩世清送至行在，遣内侍冯益等验视，遂封福国长公主，适永州防御使高世荣。其后内人从显仁太后归，言其妄，送法寺治之。内侍李愯自北还，又言柔福在五国城，适徐还而薨。静善遂伏诛。柔福薨在绍兴十一年，从梓宫来者以其骨至，葬之，追封和国长公主。

后来有人说：以上所说的徐还，即是本文的徐承茵，他追入燕京后又再往冰天雪地的五国城。金人叹赏他的恩义，让他改名为还，终与柔福成眷属。可是也有人说，徐承茵虽为画官也是志士，况且柔福鼓励他凌烟阁画像，他不可能降事异族，大概他在真州附近身故。

当年三月，北地风寒，淫雨不息，泥泞没胫。据徽宗北狩的记录，牛车跋涉荒芜，一行尚须自行凿井打水，无居民可与之近接。而《宋史·宗泽传》也说，泽“欲径渡河，据金人归路邀还二帝，而勤王之兵卒无一至者”。徐承茵只因与柔福曾有“但教心似金钿坚，天上人间会相见”的誓言，又被帝姬愿意效法娥皇女英湘畔寻夫的情节感动，以彼类我，知道柔福和他的处境倒换，她也必一意北行。因之他义无反顾，与忠仆骑南方羸瘠之马，又无充足粮水，自蹈绝地，必不能持久。

右三十四帝姬早亡者十四人餘皆北還獨恭福帝姬生纔周晬金人不知故不行建炎三年薨封隋國公主安德帝姬有遺女一人後適嗣秀王伯圭封秦國夫人榮德帝姬至燕京駙馬曹晟卒改適習古國王紹興中有商人妻易氏者在劉超軍中見內人言宮禁事遂自稱榮德帝姬鎮撫使解潛送至行在遣內夫人驗之詐付大理寺獄成詔杖死又有開封尼李靜善者內人言其貌似柔福靜善卽自稱柔福蘄州兵馬鈐轄韓世清送至行在遣內侍馮益等驗視遂封福國長公主適永州防禦使高世榮其後內人從顯仁太后歸言其妄送法寺治之內侍李㨖自北還又言柔福在五國城適徐還而薨靜善遂伏誅柔福薨在紹興十一年從梓宮來者以其骨至葬之追封和國長公主

也有人说，柔福也像二姐荣德一样被金人派嫁番王，此人姓名也真与呼韩邪单于接近，南人也不知底细，只据其谐音称之为“徐还”。而《宋史》之所谓“薨”，亦即是她不愿就，因之像楼华月一样地自尽。金人慕见她的贞烈才将她的骸骨陪着徽宗灵柩送返南方。不然尚有其他王子皇孙帝姬驸马数十人，何以只有她得归故土？

这些情节，至今国内外宋史金史专家几经考证，仍然莫衷一是。即是《清明上河图》以此名目出现之画轴已有十余件。中国、日本和西方考证它的文字又何止千百篇？即博士论文亦有二起。也有人说，整篇画幅与北宋开封全不相干。而当日徐承茵所画柔福小像，则事隔八百余年，又在“文化大革命”后出现，此“淘气的小妮子”仍栩栩如生，由本书作者向藏件主人得抄绘如下。

附录

张择端为我书制图

历史小说《汴京残梦》写作纲要

这部历史小说记北宋徽宗宣和年间事，大概出入于公元1122年至1127年间，主角徐承茵杭州府钱塘县人，与仁和县李功敏及余杭县陆澹园赴汴京会议，时值朝廷更换法度，废科举，取士尽由学校，徐承茵入画学，陆入算学，只有李功敏为国子监太学生。

蔡京主政，只因星变被迫退位六个月，此外修汴京，筑青城艮岳，以童贯图燕，主张“丰亨豫大”，反对传统节俭，反之以经济扩张政策，铸当十大钱，享加百官俸禄，使全民接业。

设立书、画、医、算四学，亦即探求科技以替代过去诗词歌赋取士以及传统阴阳五行虔诚感应、相生相克之道。

徐、陆、李三人最初存反感，以后将信将疑，逐渐对此新政同情而带乐观。

自郑侠作《流民图》画为政治工具，王安石云：

“所谓文者，务有补于世而已矣；所谓辞者，犹器之有刻缕绘画也。”徽宗即位不久，即毁景灵西宫绘像，学士院画有《春江晓景》，北宋图辽时，以画学正陈尧臣画学生二人使辽，画辽主像，以断定其国兴亡。

此书假定拟作《清明上河图》时固然拟夸耀北宋皇都景物，一方面仍在探求科技原理，希望从造船、建筑、社会实况诸方面获得寻求真理之门径，作为施政之凭借。

徐承茵毕业后，任为画学教谕参加描画汴京工作，此时仍未定名为《清明上河图》。

最初主持此工作者为刘凯堂，此人粗莽无礼，徽宗之画学分为“士流”及“杂流”，刘重用杂流，蔑视士流，徐承茵入船厂，修习画船细节。

徐、李、陆三人常聚餐，陆入审计院核算兵马人数，李在太学任助教，三人谈论时表现当中汴京景况。

11至12世纪的开封是一座庞大的消费市场和色情城市，酒楼、餐厅、妓院盈街遍巷。柳耆卿的“今宵酒醒何处？杨柳岸，晓风残月”代表着当日享乐而不负责任的态度，接着又有张子野的《百媚娘》，读如：“珠阙五云仙子，未省有谁能似？百媚算应天乞与！净饰艳妆俱美，若取次芳华皆可意，何处比桃李？”实际是农业财富集中于国都找不到适当的出处，如是才全面泛滥。

徽宗作万寿山莲花石纲，等于今日之作植物园动物园，本身无可厚非，可是多余的财富不能用以投资发展工商业，又不明悉本身弱点，约金攻辽，终归失败。

当日之党争，亦足以使局面不可收拾，当然一切始自神宗朝，即有圣贤的司马光在攻击王安石时亦称王“学非言伪，王制所诛，非曰良臣，是为民贼……窥伺神器，专制福威”，超过今日党派间的刻毒。北宋末年“奸党”姓名镌石，家属不能自由行动，已无可救药。

徐、李、陆三人在取乐时陆澹园最放浪而无禁忌，李功敏则参与而不见于言辞，只有徐承茵始终不能应局，他对着十三四岁的雏妓（当时为常态）无法纵情（利用配角性格描画主角）。

刘凯堂过于粗蛮刻薄，为众不容，被迫去职，直到他去后徐承茵才领略他在画学上也有他的见地。继任者何叙，自称之道教信徒，一意饮酒，所画重山泉、瀑布、云岫等，与一般人之生活发生距离。

时局则愈紧张，流寇方腊攻陷杭州，徐、李因家庭关系非常记挂，陆澹园则被派往童贯军中核算兵马钱粮。当年方腊平，陆返汴京，三人聚首，此为国事及各人工作之最高峰。

何叙撤职，继任者为张择端，以翰林身份主持绘画，束幅定名为《清明上河图》，一意写实，张使徐承茵升为画学正，倚为设计助手。

徐与张亦有争执，但从善意来去，张择端指出真理不能目见，有如“十千脚店”之彩楼，如从下向上看去，则平行之垂直线向天空相聚，如从上向下看，则钻聚于地中，两图均不能看出实际架构，折中之画法，以不同之视点结构，无人能作此透视，但工人可以照样施工，核计材料者可以照图计算［实际此为中西画法之差异，西方之 perspective（透视）始自文艺复兴，亦可谓源于北宋末年］。

各人正准备将画稿誊入最后之绢本之际，突然又生出问题。

徽宗之第二十女柔福帝姬（徽宗共有女三十四人，各公主自1113年后，称“帝姬”，因根据“周称王姬见于诗雅”），小时在皇帝以实际人物写生之际，钻入熨绢下，徽宗即将之绘入图卷，亦对画临汴京甚感兴趣。

此时十七岁，要求为《清明上河图》内十字街头人物之标本，徐承茵反对，因为与图卷据汴京街头写实之宗旨不相符合，张择端未置可否。

柔福以皇帝名义召徐承茵至大内学士院之槐厅，徐无可如何，只得接受帝姬为标本，因之《清明上河图》之中心人物不似丫鬟，而似贵妇。

徐承茵又至蔡京子蔡鞗家中描画柔福，因柔福之姊，徽宗第四女茂德帝姬下嫁蔡鞗。

徐承茵见柔福活泼玲珑，不免多情，据说他们二人在众人不在之际曾一度拥抱数秒钟。

《清明上河图》即将完卷，张择端已能独自完成，令徐承茵休假，至此徐已离家四年，杭州又遭兵燹，父母年迈，亦感叹沧桑。

忽一日杭州应奉局（或明金局）之宦官交徐承茵七言诗一首，未见作者姓名。

诗为：

花移月影近丹墀，
榭栋萦怀不自知。
对岸苏堤人畔柳，
也闻杼里枉相思？ *

徐承茵大致已猜出底蕴，晚间对纸思索，才发觉

---

* 此诗连同下首诗中个别字句与正文中稍有不同。——编者

杍非杍，予中带撇不显明，实为矛，矛在木上，实为柔。里（裏）亦非里，上面一点已藏在横下，亠回转作口形，实为畐。衣亦非衣，草书只三画，衣实为衤，衤字带畐，实为福，作情书者为柔福帝姬。她在皇都深宫（丹墀）慕念在杭州（苏堤对岸）的他，因之他惊喜交集作五言律诗请太监带回汴京。诗为：

宧寺投鸿雁，
踌躇喜欲狂。
丹墀逢月短，
箐槛待暾长。
尘音葑草塞，
虚里蕊笺香。
恩怀逾河岳，
黾勉焉敢忘？

（本书不欲多惹诗词，陷入旧小说中之俗套，而妨叙事抒情之正道，又不能完全避免韵文，所以偶尔提及，索性在本节发挥，以上七言诗花移月影，对岸苏堤，一再倒装，亦是有意思。）

此诗表明来缄隐谜业已读破，句中尘音即是徐承茵，虚里即来缄之杍里（北方读“渠里”，南方为“虚里”)，丹墀箐槛，一叙深宫，一言乡曲。可是五六两句，平仄不按律诗规则，识者谓之“粘贴失严”，作诗人也故弄虚玄，暗藏你我，可是仍在自谦乡人鄙野，草塞未开，帝姬则如花的芳馥，两人既恩同河汉，誓当黾勉同心。

可是无名诗一再传递，终惹事端。承茵诗至东京时值宫廷大火，烧死宫女多人，管理宫廷安全的为徽宗子郓王赵楷（徽宗有子三十一人，均用木字旁名，以后南宋高宗赵构，朝中称“九哥”，即为徽宗第九子)，此人曾在廷试进士时唱名第一（可能为1118年)，此时为汴京皇城提举司使，他正以为诗中平仄失严之处为歹徒故弄玄机，诗中不是说明以干柴堆塞宫闱中尘埃满积之处，而用香料点燃?

徐承茵回汴立即访茂德帝姬，希望她能使柔福出宫一面，茂德说出宫内放火事，当她说及诗内平仄与阴谋有关，徐不禁失笑。

茂德记起此节在宫内提及时柔福也曾哑然失笑，至此已猜出诗为二人间之情诗，徐承茵趁此机会将柔福之原诗出示，并承认一往情深，希望茂德帝姬以爱姊之缘成全。

茂德说出今后选驸马须通过郓王及中书省礼房右谏议大夫暨太常寺卿三人，内郓王最有力量，但她与之虽有兄妹缘分，各人关系仍有距离，因各人生母争竞妃嫔间之序次，自小影响各人恩怨，而且郓王楷接近反改革派与蔡家亦不相得，甚至蔡家兄弟亦因政治关系各有歧见。

两人承认徐承茵非世家出身，本身又未有地位，缺乏尚帝姬之资望，郓王则因本人以廷试出头，更注重此节，当徐承茵再三恳求时，茂德帝姬建议，彼归与张择端意见不合，指出《清明上河图》内弱点，曷不由她们姊妹二人呈禀父皇，使徐取而代之，将整个卷幅重画？因此承茵即可以因“贴职免试”的办法，直接升为翰林？此提议出于突然，徐未置可否。

当日徐回书画局见张择端，张亦提出拟保举承茵为著作佐郎，使他进入文字之正途，徐不禁悔愧交集，终夜不眠，次日再见茂德帝姬，放弃攻击张择端之计划，并且本人拟从军，由学友陆澹园介绍，希望获得军功，望柔福帝姬待候。

正在此时，政局已急转直下，金人犯汴京，徽宗在《清明上河图》作“标题”即批准此画卷后出走，皇位禅让于长子赵桓，是为以后之钦宗。

陆澹园由童贯军中逃回，说明宋军各处虚报人数克扣军饷，士气漫散器械不全，无法取胜。

钦宗首尾两端，不战不和不走，徐、陆之乡友李功敏仍为太学助教，参与太学生陈东之伏阙上书运动，一时游街示威，终至打死宦官十余人，使朝政更失去主宰。

徐承茵去李纲（京城四壁守御使）军中为御武副尉，但李纲军刚一建功，钦宗即将之调往山西，以缓和主和派之压力，徐承茵不得已偕往西北。

汴京已陷入混乱状态。

金人入汴，掳徽钦二宗、皇妃、王子、帝姬等三千人北去，只有康王赵构及徽宗最幼女恭福帝姬（时周岁，金人不知）得免。徽宗女三十四人，内十四人早死，掳去者十九人，连柔福、茂德驸马蔡鞗、郓王赵楷均在内。

金人又搜括黄金白银，凡法驾、卤簿、车辂、冠服、礼器、法物、大乐、祭器、八宝、九鼎、圭璧、浑天仪、铜人刻漏、供器也一并虏去，更扫劫秘阁图书，连张择端所作《清明上河图》在内。

徐承茵匹马追至黄河北，北风大起，粮绝晕倒，为岳飞游骑救归。（历史上之柔福帝姬，见《宋史》卷二百四十八。）

原载《大历史不会萎缩》增订版，
中信出版集团，2016

出版后记

历史学家黄仁宇先生著有《万历十五年》《中国大历史》等多部重要的历史作品，三联书店汇为“黄仁宇作品系列”出版，多年来深受广大读者欢迎，脍炙人口。

和“黄仁宇作品系列”所收不同，《汴京残梦》是作者一生中创作的为数不多的历史小说之一。1997年初版至今，20年间，海内外有多家出版社刊行。按出版时间为序，先后有台湾联经版（1997年）、新星出版社版（2005年）、九州出版社版（2007年，收入《黄仁宇全集》，并增加一篇附录《张择端为我书制图——历史小说〈汴京残梦〉写作纲要》）。2011年，台湾联经再版，作者署名改为黄仁宇绘著。书前“编前语”说明初版署名李尉昂系黄仁宇笔名，此次再版恢复作者本名。2014年又有上海三联版刊行。

今年，我们获得作者家属授权出版这部历史小说，深感荣幸。三联书店“黄仁宇作品系列”增添了一个极具特色的新品种。特别要告诉读者的是，书中插图均出于作者本人之手。为便于读者了解故事梗概，我们也将《张择端为我书制图——历史小说〈汴京残梦〉写作纲要》一文收入，附于全书之后。

生活·读书·新知三联书店编辑部

2017年10月